여행자의 하룻밤

"저녁노을에 물든 하늘을 바라볼 때마다 단지 그 빛만 보았습니다. 제 주위 삶은 주목하지 못했답니다. 이제야 여기, 이 사랑스런 나라에서 그 '풍경'을 어떻게 감상해야 하는지 알게 되었습니다. 풍경을 온전히 바라보는 방법을 가르쳐 주신 선생님께 감사드립니다. 결코 잊지 못할 거예요."

마이클 콘스탄티니(Michael Constantini, 이탈리아계의 뉴요커)

"며칠 동안 모티프원에서 선생님과 대화하며 잊고 있던 전작 시리즈가 머릿속에 떠올랐습니다. 일본에 돌아가면 그 시리즈를 다시 시작하려 합니다. 저의 모티프를 상기시켜 주셔서 고맙습니다." 나카무라 가즈미(中村一美, 일본의 현대화가)

사진 | 건축사진가 김용관

"누구에게든 열려 있어 더욱 아름다운 서가입니다." 송효섭(서강대 교수)

"모티프원에는 아름다운 집과 멋진 방이 있습니다. 더욱 특별한 것은 격조 있고 친절한 주인장 이안수 씨가 손님을 맞는 것입니다. 모티프원에서 밤을 보내지 않고는 결코 헤이리 여행을 완성했다고 할 수 없습니다. 이안수 씨는 헤이리 정신을 몸소 보여 주는 놀랄 만한 주인장입니다. 친절과 존중과 환대만으로도 영감을 불어넣습니다."

데이스와 플로라(Thijs & Flora, 네덜란드의 작가와 화가)

"세계의 셀러브리티들이 찬사를 아끼지 않는 파리의 호텔 산 레지스. 언젠가 산 레지스의 매니저 사브리나가 한국에 오면 저는 모티프원과 이안수 선생님을 소개해 주고 싶어요. 참 좋아할 거예요." 박준(여행작가)

"당신은 저의 형제 같아요. 저희 아버지가 한국에서 어떤 분과 사랑에 빠지고 그분이 아버지 몰래 당신을 낳은 것이 아닐까요? 형제가 아니라면 어떻게 우리가 이토록 생각이 같을 수가 있으며 형제애가 아니라면 단지 네 시간의 대화만으로 이렇게 편안하고 좋아하는 마음이 생길 수 있을까요."

조너선 왕(Jonathan Wong, 캐나다의 저널리스트)

봄이 왔습니다!"
안계셔서 봄만 드리고
→ 축현리 솔이엄마

목 차

part1.

책과 사람, 그리고 대화가 있는 글로벌 인생학교

part2.

우리는 모두 한 권의 책입니다

part1.

책과 사람, 그리고 대화가 있는 글로벌 인생학교

사람들의 가슴 속 애환으로 열린 잠망경, 모티프원

일곱 살 즈음, 저는 백두대간 줄기 언저리에 자리 잡은 우리 동네에 대해 모르는 게 없었습니다. 시냇물의 얼음이 녹으면 할아버지의 들 나들이가 시작된다는 것, 검은 산들이 무성한 초록으로 완전히 바뀌면 모내기를 위해 큰 못의 물을 뺄 거라는 것, 황금 들판이 비워지면 밤마다 감을 깎아 아침이면 처마에 매달아야 한다는 것, 동네를 둘러싼 대나무들이 눈의 무게에 못 이겨 모두 배꼽 인사를 할 때쯤이면 동네 형들이 참새잡이를 나간다는 것도 다 알았습니다.

하지만 그것은 모두 동네 안 형편일 뿐이었습니다. 할아버지의 장날 나들이에 따라나서기 전까지는 동네 밖 사정은 아무것도 몰랐습니다. 국민학교에 입학하고 한 시간을 걸어서 학교에 가기 시작했을 때 장터가 있는 마을에 대해서 어렴풋이 알게 되었을 뿐입니다.

기차를 한 번도 타 본 적 없던 저는 다른 도시가 궁금했고 4학년 때 전학을 가며 그 궁금증이 좀 풀렸습니다. 그러자 이번에는 지도에서 본 다른 나라들이 궁금해졌습니다.

"흰색으로 칠해진 저곳에도 사람이 살까? 노랗게 칠해진 저 사막에서는 무엇을 먹고 살까? 푸른색 저 정글 속 사람들은 스스로를 어떻게 보호할까?"

그 의문들을 풀기 위해 여행기자가 되었습니다. 그리고 25년 동안 잡지기자로 일을 했습니다. 기자라는 직업은 타고난 방랑벽이 크게 도지는 걸 그나마 막아 주었습니다. 하지만 회사라는 조직에서 누릴 수 있는 방랑의 자유는 '찻잔 속 항해' 같은 것이었습니다. 저는 의욕이 사그라지기 전에 찻잔을 벗어나 유랑을 누리고 싶었습니다. 40대 중반의 나이, 먼저 유학이라는 이름으로 그 찻잔을 벗어났습니다. 짧은 미국 유학 생활 한 학기를 마친 다음 긴 여름방학을 맞았습니다. 그리고 도서관 대신 길을 택했습니다. 120일간 북미 대륙 배낭여행 길에 오른 것입니다. 길 위에서의 공부가 도서관에서의 공부보다 더 큰 변화를 불러오리라 생각했습니다. 그리고 그 시간 속에서 다시 한 번 깨달았습니다. 제 마음을 흔드는 것은 수면 위의 풍경이 아니라 수면 아래의 모습이었습니다.

"사람들은 무슨 생각을 하면서 하루를 살까? 내일을 위해 무슨 꿈을 꾸고 있을까? 그것을 이루기 위해 무슨 준비를 했을까? 그리고 행복해졌을까? 그렇다면 그것을 어떻게 나누고 있을까?"

제가 궁금했던 것은 지구 반대편 지도 위 어딘가의 지리적 풍경이 아니라 사람들 마음속 풍경이라는 것을 알았습니다.

여행, 그 치유되지 않는 깊은 병

그러나 한 가정의 가장으로서 항상 길 위에 있을 수는 없는 노릇이었습니다. 그 주체할 수 없는 슬픔을 위로 받기 위해 묘안을 찾았고, 그것은 바로 세계의 여행자들을 제가 머무는 집으로 끌어들이는 것입니다. 그리고 저의 서재에서 그들과 수다를 즐기는 것입니다. 그들은 제가 걷고 싶은 길의 내음을 묻혀 와 제 코앞에 풀어놓을 것이기 때문입니다. 그 구체적인 고민의 결과가 헤이리의 게스트하우스 '모티프원motif#1'입니다.

저를 위해 가족들의 꿈을 희생할 수 없기에 동의를 얻어

야 했습니다. 꿈이 집적된 공간을 마련하기 위한 경제적 부담과 모험, 앞이 보이지 않던 시간을 한마음으로 지나 보냈습니다. 그리고 오늘 저는 피부 속 어딘가에 도사린 여행의 미혹을 끊지 못해 떠나온 세계 곳곳의 사람들과 모티프원의 서재에서 가슴을 터놓고 만나는 황홀을 누리고 있습니다.

일본 현대회화를 대표하는 나카무라 가즈미 작가와 형제의 정을 나누었고, 우쓰노미야 미술관 관장이자 미술평론가 다니 아라타, 중국 예술계의 거두인 중국미술관 관장 판디안, 포슬린 페인팅의 세계 권위자 독일의 한스 바우어, 홍콩의 건축가 개리 창, 이탈리아의 프로덕션 디자이너 안토니오, 프랑스에서 활약하는 피아니스트 김세정, 그리고 바이올리니스트 올리비에 케라스가 모티프원의 밤을 풍요롭게 해 주었습니다. 대처의 빌딩 속 삶을 사는 분들뿐만 아니라 백령도 군인에게 시집간 새댁이, 제주의 중산간 오름 언저리에 터를 잡은 중년 남자가, 해남으로 귀농해서 고구마 농사를 짓는 서울 출신 농부가 와서 매일 반복되는 성공과 좌절의 일상을 풀어놓곤 합니다.

사람들은 고민을 안고 오기도 하고 기쁨을 나누기 위해 오기도 합니다. 전시를 앞두고 작품을 구상하기 위해, 드라마나 자서전을 집필하러, 작곡을 하러 옵니다. 연인 혹은 부부가 동행할 것인가 말 것인가 결론을 내리기 위해 오기도 합니다.

누구는 시작의 장소로, 또 다른 누구는 그동안의 동행을 매듭짓는 화목한 결별의 장소로 이곳을 찾기도 합니다.

저는 모든 이의 중간에 위치합니다. 어떤 일은 부추기고 또 어떤 일에는 불을 끄는 역할을 맡습니다. 첨예하게 대립하는 남의 일에 깊숙이 개입해 궂은일을 맡는 것이 때로는 벼랑의 모서리를 따라 걷는 것처럼 아슬아슬하기도 하지만 '내 평생 당신의 인생에 간섭할 거야'라는 저의 선언을 '제발 그렇게 해 달라'는 당부로 맞받는 분들이 위안이 되어 추락의 두려움을 감수합니다.

여행이 물리적 거리의 이동이 아니라, 생각의 변화라고 한다면 저는 아마 지난 10년간 가장 긴 여행을 한 사람일 것입니다. 저의 생각은 방문객들과 대면하며 하루에도 몇 번씩 요동치기 때문입니다. 몸은 늘 서재에 머물지만 방문객들이 품고 온 낯선 공기를 따라 카리브 해를 유영하기도 하고 아프리카 사바나 초원을 소요하기도 합니다.

저는 이렇게 그들로부터 지금 길을 떠날 수 없는 처지를 위로 받고 있습니다. 더불어 헤이리 예술마을의 촌장과 작가회 회장을 맡아 지역에서 예술 커뮤니티를 구축하는 험난하고도 황홀한 여정을 함께하고 있습니다.

모티프원이라는 이름은 방문하는 예술가들이 이곳에서의

글로벌 인생학교
모티프원
頌春
모티프원
Japan
Canada
Boston
Seattle

시간을 통해 생애 최고의 작업을 이뤄 갈 수 있기를 희망하는 제 바람을 담은 것입니다. 또한 이곳에 머무는 모든 사람들이 이 공간 안에서 전 생애에 걸쳐 가장 중요한 화두, 즉 '살아갈 이유'에 답을 얻기를 바라는 마음에서 붙인 이름입니다. 모티프원을 찾는 이들은 대부분 이런 저의 기대를 배반하지 않습니다.

휴먼북 라이브러리 모티프원

모티프원은 1년에 100만 명이 넘는 사람들이 찾아오는 예술마을 헤이리 안에 위치한 최초의 게스트하우스입니다. 10년째 80여 개 나라에서 온 2만 4천여 명의 사람들이 휴식과 충전, 창조와 나눔의 시간을 경험했습니다. 그중 많은 분들이 삶을 대하는 관점이 극적으로 전환되는 티핑포인트tipping point를 맞았다고 말합니다. 사람들은 모티프원에서 일어나는 현상을 학교로 정의했고, 그 학교에 참여하는 분들이 세계 각국에서 오신 분들이므로 '글로벌 인생학교'라고 불렀습니다.

중국의 격언서인 〈증광현문增廣賢文〉은 이렇게 갈파합니다.

共君一夜話, 勝讀十年書
그대와 더불어 나누는 하룻밤의 대화가, 십 년 책 읽은 것보다 낫습니다.

모티프원에서는 매일 맛난 대화가 이어집니다. 저와 게스트, 게스트와 게스트 사이의 대화는 책을 한 권 읽는 것보다 더 재미있고, 더 감동적이고, 더 긴 여운으로 남습니다.

모티프원의 서재는 매일 밤 휴먼북 라이브러리Humanbook library로 변신합니다. 모티프원의 게스트가 휴먼북이 되고 제가 독자가 되기도 하고 그 역할이 반대가 되기도 합니다. 저는 매일 밤 서재에 찾아든 새로운 인생 이야기를 들으며 모티프원의 '휴먼북 라이브러리'에서 '휴먼북'에 귀를 기울입니다. 그리고 때로는 감격하고 때로는 울고 때로는 눈물을 삼킵니다. 2006년 6월 이래 지금까지 저는 약 2만 4천 권의 휴먼북을 읽었고, 또한 그만큼의 횟수로 저 자신이 게스트들에게 대출되었습니다. 그 휴먼북의 일부를 이곳에 담습니다. 우리의 삶은 모두 다르지만 또 비슷하기도 한 보편성을 갖고 있기에 모티프원에서 제가 만난 인생 하나하나가 누군가의 고민을 풀 실마리가 되거나 위로와 응원이 되기를 기대합니다.

part2.

우리는 모두 한권의 책입니다

시련 뒤 무엇을 할 수 있나요?

두 팔을 주고 행복을 얻다, 의수화가 유빙 석창우

시간은 많은 것을 선명하게 만듭니다. 바른 것은 바르게, 그릇된 것은 그릇됨이 드러나게 합니다. 지금 당장 기쁜 일이 기뻐할 일인지, 지금 당장 억울한 일이 마냥 억울할 일인지는 시간이 흐른 뒤에 온전히 알 수 있습니다.

어느 가을, 석창우 화가가 모티프원을 방문했습니다. 그는 원래 전기공학을 전공하고 중소기업 전기실에 근무하던 전기 기사였습니다. 스물아홉 어느 날, 자신의 일이 아니었음에도 고장난 고압 차단 장치를 솔선해 수리하다가 2만 2천 볼

트의 고압전류에 노출되었습니다. 젊은 부인과 어린 아이 둘을 둔 20대의 가장이, 본인의 표현을 빌리면 '양팔, 그리고 발가락 두 개와 헤어진' 것입니다. 목숨은 건졌지만 재활로 1년 6개월을 병원에서 지내야 했습니다. 퇴원 후에도 물 한 모금조차 부인이 먹여 주어야 하는 절망의 상황이 계속되었습니다. 아무것도 할 수 없는 상태로 집에 있던 그에게 어린 아들이 종이를 내밀었습니다.

"아빠, 그림 좀 그려 주세요."

그는 갈고리에 펜을 끼워 온몸으로 그림을 그렸다고 합니다. 그 그림을 보고 아들도 놀라고, 부인도 놀랐습니다. 그리고 본인도 마침내 할 일이 생겼다고 확신했습니다. 남편을 대신해 생업을 꾸려야 했던 부인은 남편의 그림을 보고는 하려고 마음먹었던 일을 바로 접었습니다. 그리고 남편이 스승을 찾아가 그림을 배울 수 있도록 차에 태우고 다니며 손발이 되어 도왔습니다. 7년의 세월을 그리했다 합니다.

지금은 중견작가 반열에 오를 정도로 쇠갈고리로 능숙하게 붓을 잡고 글씨를 쓰고 그림을 그리는 경지에 다다랐지만 아직도 스스로 밥을 먹지 못합니다. 밥 먹는 훈련보다 붓을 잡는 훈련이 먼저였고 갈고리 역시 밥숟가락을 잡기 위함이 아니라 붓을 잡기 좋도록 조정했기 때문입니다.

잃어버린 것에 대한 갈증, 인체드로잉과 움직임

첫 대면 후 며칠이 지나 다시 한 번 모티프원에 석창우 화백이 찾아왔습니다. 가을볕이 따가운 날이었던지라 실내에 들어온 뒤 잘 차려입었던 외투를 벗었습니다. 팔 전체가 드러났습니다. 양팔이 없는 밀로의 비너스 조각상과 꼭 같은 모습이었습니다. 손목과 그 위 팔꿈치까지의 자뼈와 노뼈만을 잃은 것이 아니었습니다. 위팔뼈의 일부만 남은 상태였습니다. 지금처럼 자유자재로 글을 쓰고 그림을 그리기 위해 얼마나 많은 도전과 좌절을 했을지 어깨에 매달린 의수가 증언하고 있었습니다.

"붓을 움직이는 것은 팔입니까? 그렇다면 팔을 움직이는 것은 어깻죽지입니까? 어깻죽지면 어떤 방법으로 팔을 접고 펴고 할 수 있는지요?"

팔이 없다고 생각하니 팔이 있는 사람들에게는 아무것도 아닌 것들이 온통 의문투성이였습니다.

"어깨와 팔로 방향 전환을 하고 몸으로 붓의 강약을 조절합니다."

손목을 사용하면 크게 힘들이지 않아도 될 붓의 방향 전환에 어깨를 써야 하니 상체 전체가 함께 움직이고, 팔로 가볍게 누르면 되는 간단한 일이 석창우 작가에게는 몸의 체중을

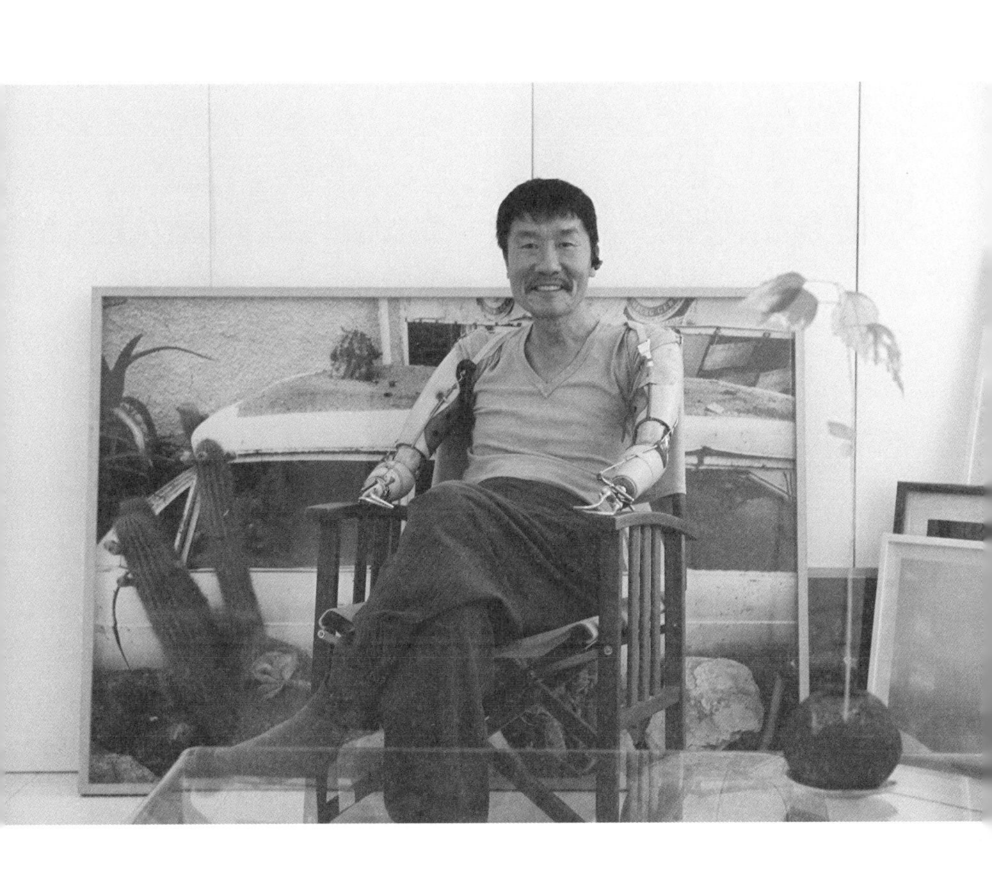

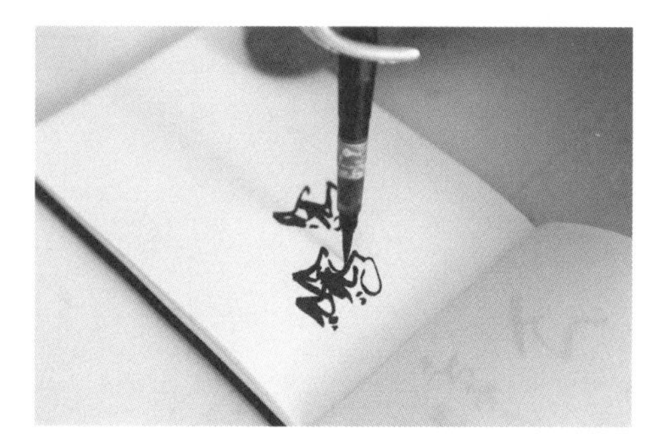

이천십이년 시월 칠일 석창우

동원하는 일입니다.

“그리하기 위해 어떤 훈련을 하셨는지요?”

“의수에 맞춰 연습을 하지요. 익숙해지도록 수없이 반복해야만 합니다. 겨드랑이에 진물이 날 때까지 반복 연습하여 내 것으로 만들어야 사용할 수 있어요.”

창조주는 때로 선택 받은 사람들에게 시련이라는 혹독한 스승을 보내 그들을 단련한다는 것을 석창우 화백을 보며 확신하게 됩니다.

수묵 크로키를 개척한 그가 왜 유독 인체 드로잉에 매달리는지, 그리고 멈춰 있는 모습이 아니라 움직임에 몰두하는지 짐작할 수 있습니다. 누구나 잃고 보면 없어진 것이 그리워지고 불가능해진 것이 있으면 그 불가능에 도전하고 싶어지는 그 마음 말입니다.

가을 한담을 즐긴 뒤 막 일어서려는 그에게 물었습니다.

“사고 이전의 석창우와 현재의 석창우 중 어느 쪽이 더 행복합니까?”

“물론, 지금입니다.”

그는 단 1초의 망설임도 없이 팔을 잃기 전의 전기 기사 석창우보다 팔이 없는 의수화가인 현재의 석창우가 더욱 행복하다고 답했습니다. 전류에 감전되고 양팔과 발가락을 잘린 상태로 회복실에서 마취에 깨어났을 때 아마 그는 생각했을 것입니다.

"이 세상에 나보다 불행한 사람이 있을까?"

28년이 지난 지금 그는 일말의 의심도 없이 본인의 지복을 말합니다. 석창우 화백의 호는 물 위를 떠다니는 얼음덩어리를 뜻하는 성엣장, 유빙流氷입니다.

"누가 지어준 호입니까?"

"제가 지었습니다."

"하필이면 '흘러가는 얼음덩이'입니까?"

"유빙은 물 위에 떠서 흘러가다가 언젠가는 녹아 없어지잖아요. 저는 녹아서 자신을 버리고 흔적 없이 강물에 동화되는 그 성엣장의 모습이 좋습니다."

시간이라는 판관 앞에 서기 전까지는 어떤 것도 먼저 판단할 일이 아닙니다. 시간은 두 팔을 잃은 불운의 전기 기사를 지복을 고백하는 화가로 만들고 그 행복한 화가도 언젠가는 유빙처럼 존재를 짐작할 수 없는 강물로 만들어 버릴 것입니다.

유빙 석창우, 그는 시간이라는 속성을 가장 잘 이해하고 있는 화가임이 틀림없습니다.

낯선 사람과의 동행, 두렵지 않나요?

6개월 동안 유라시아를 히치하이킹으로 횡단한
네덜란드의 여행자 바르트

여행을 좋아하는 후배 작가가 찾아왔습니다. 장기 여행자임이 분명한 사람과 함께였습니다. 후배는 얼마 전 카우치서핑(couch surfing, 현지인이 자신의 집 한 공간을 무료로 제공하는 잠자리)으로 미얀마를 여행했던 터라 자신이 받았던 선의를 갚는 마음으로 카우치서핑 사이트에 집필용 오피스텔을 등록했다고 합니다. 그렇게 꼬리에 꼬리를 물고 이어지는 착한 여행자의 인연으로 네덜란드에서 온 히치하이킹 여행자 바르트Bart-Jeroen Schuur가 모티프원까지 찾아왔습니다.

오랜 여행으로 살갗은 거칠어져 있었지만 그의 표정에는 여유가 가득했습니다. 그는 로테르담에 인접한 델프트에서 출발해 히치하이크로만 1만 킬로미터가 넘는 거리를 동진해서 몽골 국경에 닿았습니다. 말을 타고 몽골의 초원을 누볐습니다. 그리고 한국으로 날아와 제 앞에 있었습니다. 대서양에서 출발해 유럽과 아시아의 경계인 우랄산맥을 넘어 태평양에 다다른 자의 모든 것이 궁금했습니다. 360여 년 전 제주도에 막 표착한 헨드릭 하멜과 대면한 어민처럼 저는 호기심으로 가득했습니다.

"히치하이크가 몇몇 나라에서는 불법입니다. 그리고 어떤 사람을 만날지 모르는 상황이니 목숨이 위태로울 수도 있습니다. 두렵지 않았나요?"

제 질문이 끝나기도 전에 그는 고개를 좌우로 흔들었습니다.

"정말로, 두렵지 않았습니다. 여러 나라를 거치는 동안 불법인지 합법인지를 떠올려 본 적도 없습니다. 세상 밖으로 나가보세요. 직접 마주하는 사람들은 뉴스에서 보여주는 사건 속의 사람들과는 전혀 다릅니다."

〈맹자〉에 이런 글이 있습니다.

觀於海者 難爲水

바다를 본 사람은 물을 말하기 어려워한다.

그는 이미 바다를 본 사람임에 틀림없었습니다. 바르트는 대학을 졸업하고 은행에 취직했습니다. 동거하던 파트너와 헤어져 그가 집을 나가기 전까지 바르트는 엘리트 은행원이었습니다. 부족하지 않은 급여를 받았고, 연인과 함께 살 집이 있었습니다. 10년 전, 서른두 살 때였습니다.

반쪽이라고 여겼던 연인과 헤어지자 잠재되어 있던 욕망이 머리를 들고 일어났습니다. 그것은 '자유와 소통'에 관한 것이었습니다. 그는 10대 시절 다른 도시를 갈 때면 히치하이크를 시도하곤 했습니다. 10대 후반에는 히치하이크로 홀로 이웃 나라를 여행했습니다. 그렇게 만난 사람들의 얘기는 따뜻했고 진솔했습니다.

바르트는 연인이 떠난 순간이야말로 자신이 자유를 선택할 수 있는 절호의 기회라고 여겼습니다. 사표를 내고 집을 팔았습니다. 아무것도 소유하지 않는 삶을 택한 것입니다. 그리고 10여 년 동안 여행자로 살았습니다. 주로 유럽의 나라들을 히치하이크로 여행했습니다. 돈이 떨어지면 네덜란드로 돌아가 일을 했습니다. 단기간에 목돈을 만들기 쉽고 언제든지 다시 떠날 수 있는 페인트 도색이나 공사장의 막일 같은 일용직을 택했습니다.

6개월 전, 오랜 시간 품고 있던 한 가지 욕망이 그를 흔들었습니다. 그것은 몽골에서 원 없이 말을 타는 것이었습니다. 델프트를 출발해 몽골 초원으로 향했습니다. 물론 히치하이크를 위해 육로를 택했습니다.

몽골에서 40일간 말을 탄 뒤 한국으로 왔습니다. 그의 한국행은 순전히 비자 때문이었습니다. 하지만 늘 그랬듯이 한국에서도 행운을 만났습니다. 서울에서는 카우치서핑으로 숙박을 할 수 있었고 한국에서의 히치하이킹은 세계 어디에서보다 쉽고 친절했습니다. 지금까지 동승차를 만나는 데 걸리는 시간이 평균 한 시간 정도였다면 한국에서는 불과 십 여 분이면 가능했습니다. 다른 나라에서 태워줄 차를 만나기까지 가장 긴 경우 다섯 시간의 기다림이 필요했다면 한국에서는 길어도 한 시간을 넘지 않았습니다.

새로운 도시에 당도했을 때, 낮에는 도시를 탐험하고 밤에는 도시 밖으로 나가 산에 올랐습니다. 그리고 산중턱 별빛 아래에서 침낭을 펼쳤습니다. 별빛을 마주보다가 잠이 들고 동이 트면 잠에서 깼습니다. 때로는 발아래 운무가 펼쳐졌습니다. 구름 아래에 사람의 도시가 있었습니다.

왜 히치하이크 여행을 고집하나요?

"최대한의 자유를 허락합니다. 계획을 세우거나 서둘 필요가 전혀 없지요. 어떤 스케줄에도 얽매일 필요가 없습니다. 적당한 장소를 정하고 길에서 엄지손가락을 세우기만 하면 됩니다. 그것이 전부예요. 또한 좋은 사람, 친절한 사람을 만날 수 있는 아주 쉬운 방법이기도 하지요. 차를 세워주는 사람은 단언컨대 멋진 사람입니다. 그렇지 않으면 그냥 지나쳤을 테니까요. 전 정말이지 멋진 사람들하고만 조우했어요."

이번 여행에서 제일 좋았던 점은?

"제일 좋은 것을 하나만 꼽기는 어렵군요. 좋은 일들이 무척이나 많았으니까요. 제가 받은 후한 환대들은 정말 마음 푸근한 것들이었고, '세상은 정말 멋진 곳'이라는 것을 확신하기에 충분했습니다. 구태여 한 가지 예를 든다면 말과 함께 전속력으로 달려본 것을 꼽겠어요. 그전에는 말을 타본 경험이 몇 번 없습니다. 전 말을 타고 목적지로 가면서 동시에 말 타는 법을 익혀야 했어요. 전속력으로 질주하는 것은 마치 초원 위를 말과 함께 비행하는 것 같은 황홀함을 안겨 주었습니다."

나쁜 일은 없었나요?

14-11 '15

Dear Mr Lee,

I came to your house, just as a tag along to a friend of yours. ~~beautiful~~ This seemed not to matter as I was welcomed heartily and presented with delicious ricesnacks. I am really enjoying your enthousiastic way of speaking and your interest in my trips. Unfortunately we did not have time to dive in your life, which must be contain many interesting stories, as you seem to live and have lived many lifes. Now we are going with you to a famous artist, already showing one of your interesting sides. Thank you for letting me have a small glimpse of you

Bart

"심각하게 나쁜 상황을 경험하진 못했어요. 차를 잡기가 어려워 오랫동안 기다려야 하는 것이 괴로웠지요. 하지만 그것도 조화의 문제예요. 그런 기다림이 없다면 차를 잡았을 때 감사함이 덜하겠지요. 또 신용카드에 문제가 생겨 사용할 수 없었을 때 불편했습니다. 우크라이나에 있었는데 돈을 인출할 수가 없었지요. 제 일을 처리하는 네덜란드 은행 직원이 일에 서툴러서 3주나 카드 재발급과 돈 인출을 위해 기다려야 했습니다. 하지만 그 기다림조차도 그렇게 나쁜 시간은 아니었어요. 그동안 멋진 사람들을 만날 수 있었으니까요."

숙박은 주로 어떻게 해결하고 또 식사는 어떻게 했나요?

"히치하이크 하며 만난 사람들의 집에서 지내기도 하고 숲이나 들에서 야영하면서 잠을 자기도 했습니다. 식사는 저를 태워준 사람과 값싼 식당에서 먹거나 야영할 때는 불을 피워 조리해서 먹기도 했어요. 불을 피우게 되면 밥을 해먹거나 간단한 소스를 얹는 파스타를 만들어 먹었지요. 특별할 것 없는 식사지만 시장이 반찬이라고 모두 맛있었습니다. 캠핑하며 야외에서 마신 평범한 인스턴트 커피 한 잔에 마치 왕이라도 된 것처럼 느꼈지요."

행선지는 어떻게 정하나요?

"네덜란드를 떠날 때의 목적지는 몽골의 울란바토르였어요.

그래서 동쪽으로 움직였지요. 하지만 흥미로운 사람을 만나면 그를 따라가기도 해서 가끔 지름길을 이탈하기도 했습니다. 바쁠 게 없었으니까요. 특히 유럽에서는 우회하는 경우가 많았습니다. 그렇지만 러시아에서 오히려 시간 압박을 받았습니다. 비자 만료일은 다가오는데 러시아 땅은 광대했으니까요. 지름길을 벗어나면 길이 많지 않았기 때문에 수백 킬로미터를 더 돌아가야 했습니다."

기억에 남는 에피소드를 이야기해 줄 수 있나요?

"헝가리에서 히치하이킹을 했을 때 운전자에게 다음 숲에 내려달라고 했습니다. 그래야 숲에서 캠핑을 할 수 있으니까요. 하지만 그는 자신의 작은 농장으로 저를 초대했습니다. 그 집에 머물지 숲으로 다시 돌아갈지를 결정해야 했는데 전 그곳이 좋았고 잠시 머물기로 했습니다. 그런데 나중에 알고 보니 제가 간 날이 둘째 딸을 출산한 그분의 부인이 병원에서 집으로 돌아온 날이었어요. 그런 상황에 함께 지내는 건 맞지 않다고 여겼지만 부인까지 나서서 제가 머물러도 좋다고 했습니다. 다행히 그곳에서 제 역할을 찾을 수 있었어요. 염소 우리의 새 울타리를 만들고, 밭 일구는 것을 돕고, 염소를 산으로 데려가서 풀을 먹이는 목동 노릇을 했습니다. 주로 부인이 하던 일인데 산후 몸조리를 해야 하는 상황에서 제가 농장 일을 도

사진 | 바르트

울 수 있어 저도, 그분들도 모두 좋은 시간이었어요."

몽골에서 말을 타고 여행할 생각은 어떻게 하게 되었나요?

"10년 전 자전거 여행을 하면서 중국에서 프랑스 사람을 만났어요. 그가 몽골에서 말을 타고 여행했다는 거예요. 참 멋진 아이디어라는 생각을 했지요. 그때부터 몽골에서 말 타기가 제 머릿속 한편을 차지하고 있었어요."

말의 먹이는 어떻게 해결했나요?

"간단해요. 하루 여정을 끝내고 풀이 많은 곳에서 캠핑을 하면 돼요. 고삐를 길게 해서 나무에 매어 두면 스스로 주변의 풀을 먹어요. 나무를 뱅뱅 돌며 풀을 먹다 고삐가 나무에 꼬이는 게 문제인데, 그럼 결국 말이 꼼짝도 할 수 없게 되기 때문에 밤에 자다가도 한번씩 고삐를 점검해야 합니다. 사실 그것도 큰 문제는 아니었고, 밤에 얼음이 얼기 시작하면서 추위 때문에 잠을 잘 잘 수 없는 게 가장 힘들었습니다."

얼마 동안이나 말과 함께했나요?

"몽골 북쪽을 40일간 여행했어요. 러시아 국경에 접한 수흐바타르에서 말을 타고 오르콘 강을 따라 남쪽으로 내려가면서 울란바토르 북부를 여행했습니다."

원래는 몽골까지만 여행하겠다는 생각을 바꾸어 한국까지 오게 된 사연은 무엇인가요?

"한국에 오게 된 이유가 그렇게 매혹적이지는 않습니다. 비자 때문이었으니까요. 전 몽골에 2개월간 머물 수 있는 비자를 가지고 있었고 최대한 말을 타는 데 그 시간을 쓰고 싶었습니다. 몽골은 중국과 러시아로 둘러쌓인 내륙 국가인데 그 나라들을 통과하기 위해 비자를 다시 신청하면서 시간을 끌고 싶지 않았습니다. 비자 없이 비행기로 이동할 수 있는 나라 중 한국행 티켓이 가장 저렴했습니다. 게다가 한국을 방문해 본 적이 없기 때문에 이번이 좋은 기회라고 생각했지요. 만약 대만이나 일본행 항공권이 더 저렴했다면 그곳으로 갔을 겁니다. 하지만 전 지금 한국에서 멋진 시간을 보내고 있기 때문에 다른 나라로 가지 않은 것도 행운입니다."

한국에 오기 전과 머물러 본 후 한국에 대한 생각은 어떻게 달라졌나요?

"한국이 선진국이라는 것은 알고 있었습니다. 물론 삼성이나 현대, LG 등의 회사 이름도 알고 있었고요. 하지만 이렇게 현대화되고 잘 조직화되어 있다는 점에 놀랄 뿐입니다. 인프라는 세계에서도 손꼽을 정도의 수준이라 생각합니다."

다음 행선지는 어디입니까?

"네덜란드로 돌아갑니다. 동해에서 배를 타고 러시아 블라디보스토크로 가서 시베리아 횡단열차를 타고 모스크바로 갈 예정입니다. 모스크바에서 다시 네덜란드까지 히치하이킹을 할 겁니다. 하지만 도중에 무슨 변화가 있을지 누가 알겠어요?"

여행이 당신의 삶을 어떻게 바꾸어 놓았나요?

"전에는 저도 평범한 일상을 살았어요. 국제은행에서 일했고 가족이 있으며 집을 소유했지요. 첫 장거리 여행을 계획할 때는 여행 후 다시 직장으로 돌아가고 집도 사야겠다고 생각했습니다. 그러나 여행에서 돌아오자 좀 더 긴 여행을 해야겠다고 생각이 바뀌고 특정한 직업을 갖는 것이 가치 있어 보이지 않았어요. 지금 저는 자유로운 시간을 향유하며 삶에 가치 있는 것을 추구할 수 있습니다. 소유한 것이 거의 없습니다만 그렇기 때문에 삶의 결정이 훨씬 쉬워졌어요. 특히 여행에서는 더욱 그렇습니다. 오늘 결정한다면 바로 떠날 수도 있지요."

삶의 관점도 달라졌나요?

"삶에 대한 기대가 크게 변한 것은 아닙니다. 사람을 향한 시선이 긍정적으로 변한 게 가장 큰 변화라고 할까요. 뉴스를 보다 보면 사람에 대해 실망하게 됩니다. 그러나 세상 속으로 직접 들어가 보면 온통 멋진 사람들이 가득하다는 사실을 알게 될 것입니다."

건강하게 나이 드는 법은 무엇인가요?

노년학 전문가, 빈 대학교 프란츠 콜랜드 박사

어느 아침, 모티프원 정원을 두리번거리는 분이 있었습니다.

"도와드릴까요?"

"아, 저는 집을 덮고 있는 넝쿨에 사로잡혀 여기까지 들어왔습니다. 누구에게나 공개된 집은 아니지요?"

노신사와 잠시 서서 짧은 대화를 주고받기 시작했습니다.

"어디서 오셨나요?"

"오스트리아에서 왔습니다."

"오스트레일리아가 아닌 거지요?"

"예, 캥거루가 있는 나라가 아니고…."

"오스트리아에는 캥거루 대신 무엇이 있나요?"

"음악가 슈베르트가 있지요. 저의 집 가까운 곳에 생가가 있어요."

"그럼 혹시 음악가이신가요?"

"음악을 좋아하고 10여 년 전에 성악가 루치아노 파바로티를 직접 만난 적은 있지만 제가 음악가는 아닙니다. 저는 노화 방지를 연구하고 있는 사람입니다."

"노화 방지요? 아이쿠, 이런! 당장 들어오세요!"

"고맙습니다."

그렇게 서재로 모신 프란츠 콜랜드Franz Kolland 박사님과의 대화는 두 시간 넘게 이어졌습니다.

운동과 레드와인

노화 방지가 가능하다는 겁니까?

"하하하, 노화를 방지한다기보다 아프거나 병에 걸리지 않고 건강하게 나이 드는 법에 대한 것이라고 할 수 있지요."

의사인가요?

"아니요. 저는 빈 대학교University of Vienna에 교수로 있는 역학자예요. 서울에서 열린 제20차 세계 노년학·노인 의학 대회

발표자로 한국을 방문했습니다. 행사가 끝나고 단 하루의 자유시간이 주어져서 헤이리에 왔습니다."

선생님께서 연구하신 건강하게 늙는 법의 핵심은 무엇인가요?

"가장 중요한 여섯 가지 요소를 말씀드리지요. 첫째가 운동입니다. 하루에 4마일(약 6.4킬로미터)을 걷는 것이 좋습니다."

뛰는 것보다 걷는 것이 좋은가요?

"산책이 좋습니다."

저는 이곳을 청소하면서 하루에도 수십 번 이층을 오르내립니다. 그것도 상당한 운동량이라고 생각하는데요?

"네, 운동이 되지요. 하지만 나이 먹은 사람은 계단을 오르내리는 것을 아주 조심해야 합니다. 관절에 무리를 줄 수 있지요. 사실 노인 사고의 상당수가 가정에서 일어납니다. 또 서울의 지하철은 상당히 깊숙하더라고요. 많은 노인이 난간을 잡고 계단을 오르내리던데 엘리베이터를 이용하는 것이 좋습니다."

두 번째는요?

"당신도 좋아할 것 같은데, 레드와인을 마시는 겁니다. 두 잔도 많습니다. 하루에 한 잔이 좋습니다."

저의 경우 불규칙하게 마시기도 하지만, 마실 때는 두어 병을 마시기도 하는데….

"하루에 한 잔, 규칙적으로 마시는 게 좋습니다."

레드와인만 좋다는 겁니까?

"레드와인에는 항암 또는 항산화 작용을 하는 레스베라트롤이라는 성분이 들어있거든요."

언제 마시는 것이 좋을까요?

"저녁이 좋지요."

물과 일

세 번째는요?

"물을 마시는 겁니다. 하루 2리터가 적당량입니다. 커피를 얼마나 드시나요?"

서너 잔 정도?

"저도 하루에 두 잔 정도 마시는데 적정량은 진한 커피로는 두 잔 정도, 연한 커피는 세 잔 정도입니다. 사실, 커피보다는 차가 좋아요. 커피는 물을 배출하게 합니다. 홍차를 주로 마시는 영국 사람들을 제외하고는 유럽인 대부분이 커피를 마시지요. 물 2리터 정도를 모두 차로 마셔도 괜찮습니다."

네 번째는?

"일을 하는 겁니다. 무료하면 의욕이 떨어지지요. 이번에 발표하며 참석자들에게 물었습니다. '현재 당신은 일을 하고 있는

가?'라고. 놀랍게도 참석자의 약 70퍼센트가 일을 하지 않는다고 대답했습니다. 이것이야말로 심각한 것이죠."

사회관계와 유머

다섯 번째는 제가 맞춰 보지요? 좋은 친구?

"맞아요. 바로 사회관계입니다. 고립은 독입니다. 좋은 사람들을 만나고 꾸준히 교우하는 것이 아주 중요해요."

저는 노화가 더딜 수밖에 없겠군요. 매일 이곳에서 사람과 교류하고 있으니…. 오늘 아침에도 이렇듯 생면부지의 당신과 즐겁게 대화하고 있잖아요.

"긴 수염에도 불구하고 당신을 보면서 젊게 사는 사람이라고 생각했지요. 그런데 당신은 한국 사람인가요?"

물론입니다.

"아버지도요?"

하하하, 그렇습니다. 어쩐 일인지 외국에 가면 대부분의 나라에서 저를 그 나라 사람으로 봐요. 그런데 한국에서는 유독 많은 사람들이 저를 '한국말 잘하는 외국인'으로 여기곤 하지요.

"여기 책이 많은데 독서도 일종의 사회관계라고 볼 수 있어요."

맞아요. 책 속 사람과 끝임없이 관계하고 교류하는 것이 독서니 말이지요.

"독서보다도 더 좋은 것은 글쓰기입니다."

왜 그렇지요?

"글을 쓰는 행동이 뇌를 더욱 활성화시키기 때문입니다."

저는 30년 이상 글쓰기를 하고 있으니 앞으로 죽기가 쉽지 않겠어요.

"하하하, 그러니 이렇게 젊게 사시잖아요."

그런데 글쓰기를 업으로 삼는 기자들이 자주 하는 말 중에 '기자는 단명한다'는 말이 있습니다. 마감 스트레스 때문에요.

"그렇지 않아요. 글을 쓴다는 것은 모든 뇌 활동을 활발하게 하는 행위입니다."

그럼 여섯째는요?

"유머입니다. 즐겁게 사는 것이 장수에 크게 도움이 됩니다."

운동과 레드와인, 일과 물, 사회관계와 유머로 요약된 '건강하게 나이 드는 법'은 제게도 흩어졌던 구슬을 다시 꿰어준 느낌이었습니다.

자신의 한계를 이해하기에 행복할 수 있는 나이, 노년

사회관계가 건강에 좋다고 했으니 좀 더 얘기를 해 봅시다.

"좋아요. 이런 교류는 알츠하이머도 예방해 주지요. 취침과 기상은 몇 시쯤에 하나요?"

새벽 한두 시쯤에 자고 예닐곱 시쯤에 일어나요.

"충분치 않은 잠인데 낮잠을 주무시나요?"

잠이라기보다는 잠시 졸곤 하지요.

"그것도 보충이 됩니다."

저의 경우는 이른 아침보다 밤에 활동하는 편인데 아침에 활동하는 것이 더 좋은가요?

"언제 자는가는 크게 중요하지 않습니다. 그것은 각 개인의 선택일 뿐입니다."

나이가 들면 여러 가지 면에서 속도가 느려지잖아요?

"그것이 중요합니다. 젊었을 때의 속도로 살아서는 안 되지요. 피아니스트 아르투르 루빈슈타인은 여든 넘어서는 곡의 빠르기를 조절해서 연주했어요. 빠른 부분은 느리게, 느린 부분은 더 느리게 자신의 속도에 맞추어 연주하며 신체의 무리를 줄였지요. 곡 전체는 느려졌지만 조화로움은 변함이 없도록 한 겁니다. 또한 나이를 먹으면서 선택을 줄이게 됩니다. 젊었을 때는 하고 싶은 것을 모두 경험하려고 하지요. 하지만 나이 먹은 사람들은 가능한 범위 안에서 선택하고 그것에만 초점을 맞추어 물리적으로 기능이 느려진 것에 대응을 합니다.

나이 먹는 것도 제법 괜찮은 일이죠."

자신의 상태를 잘 이해하는 것이 중요하군요. 대부분 무리를 하다가 탈이 나니까요. 나이가 들면 신체의 물리적인 조건을 스스로 알게 되지요.

"그래요. 그것을 우리는 '분별'이라고 합니다. 나이가 들어도 행복할 수 있는 것은 바로 그 분별력 때문이에요."

사람들은 이곳이 조용해서 좋다고 해요. 물론 주중에는 조용하고 한적한 시간을 가질 수 있지요. 하지만 조용한 것도 불편한 점이 있긴 합니다. 마누라의 잔소리가 더욱 선명하게 들리거든요.

"하하하. 그래서 신은 나이 들수록 청력이 약해지도록 만들었어요. 선생님도 몇 년만 더 참으시면 될 겁니다."

당신이 있는 곳, 그 순간에 집중하세요

유럽 대학들은 지금 방학을 했지요? 여름방학은 얼마나 되나요?

"네, 학생들은 3개월 교수들은 3주 정도예요. 저는 이제 돌아가면 다음 주부터 학교에 나가야 해요. 학생들은 방학에 여행을 하거나 일을 하거나 공부를 하지요."

교수님들은 의무적으로 방학 때도 학교에 출근해야 하나요?

"각자 계획하기 나름입니다. 학교에서 연구를 계속하기도 하고 현장 연구로 나가기도 하지요."

선생님 학생들은 공부를 열심히 하는 편입니까?

"글쎄요. 기준에 따라 다르겠지만 열심히 하는 편이에요. 하지만 세계 각국의 학업성취도를 평가하는 PISA(학업성취도 국제비교연구)에서 한국이 핀란드와 함께 1등을 다투더군요. 그렇다면 한국 학생이 더 열심히 공부하는 것 아닐까요?"

사실 한국 학생들은 대부분 놀 기회가 없어요.

"10년 전에 한국의 어떤 기관 초청으로 외국인 관광 환경 평가를 위해 방문한 적이 있어요. 그때와 비교해서 강남에는 멋진 건물이 많아졌고 한국인의 식습관이 더욱 서구적으로 변했다고 느꼈어요. 하지만 변하지 않은 것은 여전히 지나치리만치 열심히 일하고 있다는 겁니다. 또한 일하는 방식도요. 사무실의 분위기는 지나치게 엄숙하고 상관의 지시에 일사분란하게 움직이는 방식이었어요. 오스트리아에서는 일주일에 서른여덟 시간 일합니다. 은퇴는 58세이고요. 교수는 예외로 65세까지 일하지만요. 최근 한국의 자살률이 높아지고 있다고 들었는데 사실인가요?"

네, 불행하게도요. 90년대 초에 비해 네 배 가까이 올랐습니다. 이혼율도 상승했고요.

"열심히 일하면 더 행복해야 할 텐데 말입니다."

그 후 우리들은 한동안 서로의 일과 여행, 생활, 그리고 정치 이야기를 주고받았습니다. 오랜 친구 사이에 안부를 주고받듯이 편안한 대화였습니다.

제가 단 하루뿐인 한국에서의 자유시간을 빼앗은 거지요?

"아닙니다. 저는 내일 빈으로 돌아가는 비행기만 타면 되는걸요. 오히려 제가 선생님의 일을 방해한 건 아닌지요?"

저는 모티프원을 정돈해야 하지만 마침 오늘은 아내가 직장을 쉬는 날이라 시간을 반으로 줄일 수 있어요. 선생님께서 요약해 주신 건강하게 나이 드는 법을 항상 염두에 두겠습니다.

"제게 좋은 아이디어가 있습니다. 모티프원은 게스트하우스이기도 하지요. 그 여섯 개 항목을 이곳에 써 붙여놓고 게스트들을 테스트해서 그 여섯 개 항목 중에서 네 개 이상을 충족하지 못하면 한적한 이곳에 더 머물면서 그 조건을 충족시킨 후에 나갈 수 있게 하는 게 어때요?"

하하하! 멋진 아이디어입니다. 고객을 더 오랫동안 머물게 하고 싶으면 기준을 더 강화하면 되고요.

"아무튼 나이 먹지 않는 법, 아니 건강하게 나이 먹기 위해서는 오늘 우리처럼 관계 맺는 것을 즐기고, 유머를 잃지 않고, 지금을 즐기는 것이 중요해요."

You should always dig
where you are and
stay humerous.

It's the best way of getting
old without getting sick and
mad.

Franz Kolland
University of Vienna
AUSTRIA

June, 28th 2013

My best wishes and thousand
thanks for your hospitality.

박사님은 떠나기 전에 방명록에 이렇게 썼습니다.

자신이 있는 곳, 그 순간에 집중하고, 또 유머를 잃지 마세요.
그게 바로 아프지 않고, 온전한 정신으로 나이들 수 있는
가장 좋은 방법입니다.

저는 박사님의 메시지에 의문이 들어서 다시 물었습니다.

"항상 현재에 만족하라는 것인데 저처럼 나이든 사람이 아닌, 젊은이들에게도 해당되나요?"

"아, 이 말은 노인들에게 해당되는 말이에요. 젊은이들은 미래를 지향하고 모험할 필요가 있지요. 삶의 기준은 나이에 따라 달라야 해요."

행복한 은퇴는 어떤 은퇴인가요?

빨간 구두 교수님, 전기보 박사

가까운 지인으로부터 몇 차례나 이야기를 전해 들었던 분이 있습니다. 우연히 한 모임에서 그분을 뵙고 온 후 멋진 수염과 모자, 빨간 구두, 빨간 시곗줄, 빨간 차에 얼마나 매료되었는지 그에 대한 일화들을 빈번하게 들려 주었습니다. 궁금증이 커져가던 어느 날, 그분을 모티프원에서 뵐 수 있었습니다. 전해 들었던 그대로 빨간 구두를 신은 모습이었습니다. 그 주인공은 열린사이버대학교 금융자산관리학과 학과장으로 계신 전기보 경영학 박사님입니다.

24년간 몸담았던 교보생명에서 상무로 은퇴한 다음 직장에서의 전문성을 살려 대학에 적을 두는 것으로 제2의 삶을 개척한 분입니다. 더불어 은퇴에 대한 강연과 컨설팅을 하는 '행복한 은퇴연구소'도 운영합니다.

열린사이버대학교는 어떤 곳인가요?

"세 가지 형태의 대학이 있습니다. 기존의 오프라인 대학, 방송통신 대학, 그리고 사이버 대학입니다. 사이버 대학은 학교에 출석하지 않고 매주 금, 토, 일요일에 영상 강의를 듣고, 시험과 과제물 등 모든 학사과정도 인터넷으로 이루어지는 대학으로 2년제 대학과 4년제 대학을 합하면 스무 곳 남짓 됩니다."

정식 학위가 주어지나요?

"물론입니다. 2년제의 전문학사학위, 4년제의 학사학위가 수여됩니다."

등록금은 어느 정도인가요?

"일반 대학의 사분의 일 정도입니다. 온라인 원격 강의로 이루어지기 때문에 시간과 공간의 제약에서 자유로워 비용도 줄일 수 있습니다."

행복한 은퇴연구소에서는 어떤 일을 하시나요?

"주로 은퇴 이후를 위한 컨설팅과 강의를 합니다."

행복한 은퇴는 어떤 은퇴일까요?

"저는 '은퇴 없는 은퇴'를 꿉습니다."

은퇴 없는 은퇴란 무엇입니까?

"가장 행복한 삶은 '신발을 신고 죽는 삶'이라고 여깁니다. 죽을 때까지 자신의 일을 하는 것이지요. 그러므로 은퇴는 착륙이 아니라 이륙입니다."

신발을 신고 죽기 위해서는 어떻게 해야 하나요?

"'일을 한다. 더 좋은 것은 자신이 좋아하는 일을 한다. 가장 좋은 것은 부인과 함께 한다'입니다."

일을 계속해야 된다면 경력과 같은 분야의 일이 좋은가요, 아니면 다른 종류의 일이 좋을까요?

"물론 은퇴 전과 같은 일을 계속할 수도 있습니다. 하지만 평소 꿈꾸던 일이 있다면 그 일을 새롭게 시작하는 것이 좋다고 봅니다. 좋아하는 일을 하는 것이 무엇보다도 중요합니다."

삶의 질과 존엄한 죽음을 담보하기 위해서는 경제 부분도 안정되어야 한다고 봅니다. 은퇴 전의 업무가 고객의 자산 관리였으니 재정의 안정과 관리에 조언을 주실 수 있을 것 같습니다.

"은퇴 후에도 당연히 돈이 필요합니다. 또한 많은 분들이 은퇴 자금으로 적금이나 연금, 부동산 임대 소득 등을 준비합니다. 그러나 보다 확실한 것은 근로 소득을 유지하는 것입니다. 근로 소득을 유지하기 위해서는 은퇴 후에도 충분한 경쟁력

Korea

을 갖추는 게 우선이지요. 그래서 은퇴 전에 은퇴를 위한 적립금의 반을 스스로의 계발을 위해 투자해야 합니다. 자기계발을 통해 은퇴 후에도 일을 계속할 수 있다면 투자한 돈을 그냥 금융기관에 보관하는 것보다 훨씬 높은 수익을 창출합니다. 10대부터 공부한 것이 40대까지의 삶을 위한 준비라면 50세부터의 삶은 40대부터 다시 준비해야 합니다."

빨간 색을 좋아하는 이유가 있나요?

"빨간 색은 '열정'의 색이기도 하잖아요. 제 열정이 계속되기를 바라는 희망의 반영입니다."

스타일에 대해 사람들의 반응은 어떻습니까?

"대부분의 사람들은 좋아합니다. 하지만 극소수는 극도로 싫어하는 분도 있습니다."

조직에 있었을 때는 순응의 차림만으로도 충분했다면 강의와 컨설팅 등 프리랜서의 삶을 사는 사람에게는 분명한 자기 스타일이 필요하지요. 그런 의미에서 충분히 가치 있는 스타일링이라고 봅니다. 여행도 좋아하신다고 들었습니다.

"여행은 제 본능이 시키는 것을 찾아 하는 것입니다."

이렇게 하시는 일이 적지 않은데 여행할 짬이 납니까?

"좀 무리를 해서라도 합니다. 지금 본능의 명령을 거역하면 훗날 후회할 것이 분명하기 때문이지요."

전기보 박사님의 기분 좋은 웃음에는 '빨간 구두'의 열정과 행복한 자유가 묻어났습니다. 이렇듯 자유로운 분이 어떻게 24년이나 조직 속에 있었는지 의문이었습니다.

"전 박사님에게는 은퇴가 너무 늦었던 것 아닙니까?"

"저도 그렇게 생각하고 있어요."

은퇴는 시기가 다를 뿐 누구나 겪는 인생의 중대한 사안입니다. 저는 은퇴연구소 소장의 은퇴 생활을 관찰하는 것이 은퇴를 고민하고 있는 사람들에게 하나의 답이 될 수 있겠다는 생각을 했습니다. 그래서 행복한 은퇴연구소 소장님의 공적인 생활과 사사로운 생활을 그런 관점에서 관찰해 보았습니다.

은퇴연구소 소장의 은퇴 생활

첫째, 소장님은 은퇴 전에 은퇴 후를 준비했습니다. 즉 은퇴 후에도 경쟁력 있는 은퇴 생활을 위해 스스로를 계발하는 데 시간과 돈을 아끼지 않았습니다. 미리 대학원에 등록해 박사학위를 받았습니다.

둘째, 일을 계속하고 있습니다. 소장님은 보험회사에 근무

하며 은퇴 후에도 돈이 필요하다는 것을 누구보다도 적나라하게 목도했습니다. 그러므로 자신에게 닥칠 문제, 은퇴 후에 어떻게 소득을 유지할 수 있을지 미리 준비했습니다. 은퇴자 대부분은 적금이나 연금, 부동산 임대료 등이 소득원입니다. 하지만 소장님은 근로 소득이 가장 이상적이라고 보았습니다. 비록 은퇴 후 소득이 은퇴 전 소득에 비할 수는 없겠지만 근로 소득이야말로 경제력의 확보뿐만 아니라 은퇴 후의 정신 건강에도 훨씬 유리하다고 보았습니다. 소장님은 현직에 있을 때 준비했던 학위와 경험을 바탕으로 현재 한 사이버대학의 금융자산관리학과에서 교수직을 수행하고 있습니다. 기업체와 방송에서 은퇴와 재정에 관한 강의를 진행하고, 은퇴와 관련한 저술 활동도 병행하고 있습니다. 또한 신발을 신고 죽는 삶을 위해 새로운 일도 시작했습니다. 부인과 함께 고향 포천에 '술 빚는 전가全家네'라는 가양주家釀酒 양조장과 주막을 낸 것입니다. 지역의 역사를 바탕으로 '궁예의 눈물'을 비롯한 고유 브랜드를 출시하고 있습니다.

셋째, 강력한 자신의 아이콘을 만들었습니다. 은퇴 후의 일은 규칙적이지 않은 경우가 많습니다. 관점에 따라 임시직이라고 말할 수도 있고 프리랜서라고 말할 수도 있습니다. 이런 자유계약직의 경우 자신을 상대에게 깊이 각인시키는 것이 중요합니다. 그 방법으로 자동차를 빨간색 지프로 구입하고 자신의 구두를 차 색깔과 동일한 붉은 구두로 맞추었습니다. 또한 예명을 'Red'로 하고 자신의 사진 전시회 부제를 'Red展'으로 했습니다. 'Red=전기보'라는 등식으로 자신의 이미지를 각인시켜 나갔습니다. 이런 노력 덕분에 단 한 번의 대면으로도 '전기보'라는 이름은 잊을지언정 'Red'는 잊을 수 없게 했습니다.

넷째, 문화와 예술에 몸을 던졌습니다. 바로 사진입니다. 사진은 제일 하고 싶던 일이기도 했고, 재능도 있다고 생각했습니다. 은퇴 후 사진가 조세현 작가를 스승으로 두고 사진의 여러 요소를 익혔습니다. 그리고 시간이 허락될 때마다 카메라를 메고 밖으로 나갔습니다. 풍경과 화초 사진을 좋아하는 소장님은 국내뿐만 아니라 해외의 아름다운 자연을 찾아 한 해에 몇 차례씩 출사를 떠납니다. 그리고 그 결과물을 혼자 보고 즐기는 것이 아니라 망설이지 않고 전시로 공유합니다. 소장님은 전시가 완성된 자신을 내보이는 것이 아니라 과정 중의 자신에 대한 평가라고 여기기 때문에 개인전을 여는 것에 주저하지 않습니다.

다섯째, 함께 활동할 친구를 가까이합니다. 은퇴 생활에서 가장 중요한 요소가 사람일 것입니다. 좋은 친구가 있다는 것은 외롭거나 우울할 틈이 없다는 것을 의미합니다. 소장님은 사진을 좋아하는 몇몇 친구들과 모여 함께 동호회를 만들었습니다. 그리고 그들과 서로 격려하며 활동합니다.

은퇴가 주는 두 가지 속성, 즉 '중단'과 '시작'에서 전기보 소장님은 후자에 주목하고 수많은 은퇴자들에게 '은퇴는 끝이 아니라 새로운 시작'임을 알리기 위해 은퇴연구소를 열었습니다. 바로 '행복한 은퇴연구소'입니다. 은퇴 후의 시간을 행복으로 채우는 방법을 연구하고 개발하는 연구소의 소장이 되었습니다.

소장님이 터득한 행복한 은퇴의 비결은 한마디로 '은퇴 없는 은퇴'입니다. 그럼 은퇴 없는 은퇴란 무엇일까요? 그것은 끊임없이 '열정'을 살려 나가는 일입니다. 열정이 사그라지면 삶은 아궁이의 다 타버린 재와 다를 바가 없습니다. 하지만 은퇴 전의 열정을 이어갈 수 있다면 그것은 여전히 불붙은 장작인 것이지요.

위험

파도가 없다면 어떻게 서핑을 즐길 수 있을까요?
위험이 없다면 무엇에 도전할까요?
도전이 없다면 어떻게 살았다고 할 수 있을까요?

친구와 경쟁해야만 앞으로 나아갈 수 있나요?

3등을 2등으로 만든 어머니의 교육

결혼 13년차 부부가 친정 부모님을 모시고 나들이를 왔습니다. 같은 대학, 같은 과에서 캠퍼스 커플로 만나 결혼에 이른 마흔의 동갑내기 부부는 그동안 일에 빠져 지내느라 12년째 출산을 뒤로 미루고 있었습니다.

"제 아이는 제가 직접 키우고 싶거든요. 출산만 하고 육아를 타인에게 맡기는 일은 상상해 본 적이 없습니다. 아이가 언제든지 엄마와 살을 비비며 가족의 온기가 감도는 가정을 누리도록 해주고 싶어서요."

부부는 이듬해 즈음 임신을 생각하고 있습니다. 그때 아내는 장기 휴직이나, 퇴직을 염두에 두었습니다.

딸은 단호하고 무뚝뚝한 성격이었지만 사위는 반대였습니다. 살갑게 처부모님을 챙겼습니다

"딸 같은 사위를 두셔서 좋으시겠습니다."

어머님은 흐뭇한 표정으로 저의 칭찬에 수긍했습니다.

"정말 딸 같습니다."

그 말을 사위가 받았습니다.

"어머님, 딸보다 더 좋지예?"

다음 날 아침, 어머님이 제일 먼저 일어나 마을을 한 바퀴 돌고 들어오셨습니다. 서재에서 조우한 저와 어머님의 대화는 두 시간 넘게 이어졌습니다. 결혼 후 40년에 걸쳐서 이어진 아내, 어머니, 시어머니, 장모로서의 다양한 역할을 요약해 주었습니다. 주어진 문제를 어떻게 판단하고 대응했는가에 대한 담담한 서술이었지만 정형을 벗어난 슬기가 빛났습니다. 지금은 마흔이 된 딸의 중학교 시절 교육 일화입니다.

"딸이 중학교 때였어요. 공부를 제법 잘하는 총명한 아이였지요. 그러나 늘 전교 3등만 하는 거예요. 학원에 보내 좀 더 공부를 보충하면 1등도 문제없어 보였습니다. 하지만 남편의 공무원 월급으로는 학원비를 충당할 여유가 되지 않았습니

다. 1년 뒤 남편이 공사로 직장을 옮겼습니다. 월급이 늘었고 마침내 생활비에서 학원비를 덜어낼 수 있었습니다. 당장 학원에 등록했습니다. 그렇지만 한 학기가 지나도 딸은 늘 3등이었습니다. 1등과 자리를 한 번 바꾼 적은 있었지만 곧바로 1등이 그 자리를 탈환했습니다. 1등의 재목은 따로 있다는 것을 그때 실감했지요.

생각을 바꾸었습니다. 딸을 학원에 보내는 대신 늘 1등을 하던 친구와 함께 공부를 하게 했습니다. 그 친구의 부모님은 두 분이 함께 일을 하시는 상황이라 딸을 챙길 여유가 없는 듯했습니다. 딸에게 친구를 우리 집으로 데려오게 해서 같이 생활하도록 했습니다. 함께 숙제하고 함께 시험 공부를 하도록 했지요. 제가 해 준 저녁을 함께 먹고 밤늦게까지 공부하다가 집에 돌아갔어요. 도시락을 쌀 일이 있으면 항상 딸 것과 똑같은 도시락을 하나 더 싸서 그 아이를 먹였지요. 두 딸을 키운 셈입니다. 딸은 1등 하는 친구의 공부 습관을 따라갔고 시험 때는 그 아이의 공부 방법을 함께 공유했습니다. 마침내 딸이 2등을 하더군요."

대학에 꼭 가야 하나요?

영국, 호주, 한국의 청년들

대학에서 무얼 할지 고민하기 위해 떠난 영국의 청년들

아프리카를 여행할 때의 일입니다. 케냐에서 탄자니아로 들어가는 나망가 국경에서 비자를 받기 위해 국경 출입국사무소에서 한참을 기다렸습니다. 그날 우리 여행팀에 새로이 합류한 두 청년과 이야기하면서 기다리는 시간을 메웠습니다. 아직 순박함이 얼굴에 묻어나는 알렉스Alex와 샘Sam이었습니다.

어디서 왔나요?

알렉스 | "영국에서 왔습니다."

방학을 이용해서 여행하는 건가요?

알렉스 | "아니요. 샘과 함께 작년에 고등학교를 졸업했습니다."

대학에 입학해야 되지 않나요?

알렉스 | "1년쯤 여행하고 일하면서 대학에서 무엇을 할지 고민해 보려고요."

무엇을 전공할지 정했나요?

알렉스 | "철학과 경제를 복수전공 하려고요. 철학은 좋아하는 것이고 경제는 일하고자 하는 은행에서 필요한 것이고요."

샘 | "역사와 경제를 공부할 계획이지만 아직 확정한 것은 아니에요. 이번 여행을 하면서 결정하려고 해요."

이번 아프리카 여행은 얼마 동안이나 계속할 것인가요?

알렉스 | "나이로비에서 빅토리아폴스Victoria Falls까지 3주간의 여행입니다."

여행 경비는 어떻게 만들었나요?

알렉스 | "고등학교 스포츠센터 청소로 돈을 모았습니다."

샘 | "졸업하고 5개월, 호텔 잡부로 일했습니다."

아프리카 여행을 마친 3주 후부터는 어떤 계획이 있나요?

알렉스 | "미국에서 두 달간 워크캠프에 참가할 예정입니다."

샘 | "남미를 여행할 계획입니다. 그리고 대학에 입학해야죠."

이렇게 여행하기로 한 것은 정말 좋은 결정 같네요. 젊었을 때의 여행은 그 젊은이의 인생을 통째로 바꿀 수 있지만, 어른들의 여행은 단지 마음만이 바뀔 뿐입니다. 그러므로 여행도 알렉스와 샘처럼 젊었을 때 하는 것이 더욱 값진 것이지요.

고등학교와 대학 사이 '자기 결정 기간'을 갖는 호주 학생들

한번은 모티프원에 호주 모녀가 왔습니다. 시드니에 살고 있는 엄마 수잔Susan과 딸 야나Jana였습니다. 조각을 전공하고 있는 야나가 어머니와 함께 한국으로 예술문화기행을 온 것입니다.

집안 어른 중 호주를 대표하는 화가와 조각가가 있다고 야나에게 들었어요.

수잔 | "야나 아버지 쪽 집안이 예술을 해왔습니다. 야나의 증조할아버지는 호주를 대표하는 화가고, 증조할머니는 조각가, 고모도 화가입니다."

한국은 며칠 일정으로 여행 중인가요?

수잔 | "2주간입니다."

지금까지 어디를 가보셨나요?

수잔 | "서울 인사동과 비원, 리움과 국립현대미술관, 안양예술공원, 경주와 양동마을, 제주도 등을 가 봤어요."

어디가 좋았나요?

야나 | "양동마을이 특히 좋았어요."

수잔 | "제주도 일정은 계획보다 줄였습니다. 호주에도 좋은 해변이 많지만 동양 해변에는 또 다른 무언가가 있지 않을까 기대하며 제주도를 갔는데, 호주와 달리 해변을 거의 활용하지 못하고 있더군요. 낮에 헤이리를 둘러보았는데 파주까지 발품을 판 가치가 있었습니다."

지금 야나의 대학 등록금은 누가 부담하고 있나요? 야나 스스로? 혹은 부모님이 내주시나요?

수잔 | "야나의 할머니가 등록금을 내주고 있어요. 할머니께서 야나를 각별히 생각하셔서 학비를 내주고 싶어 하셨죠. 하지만 호주 대학생 대부분은 아르바이트를 하며 스스로 등록금을 마련하거나, 학자금 대출을 받고 대학 졸업 후 취업을 해서 대출금을 상환합니다. 하지만 후자의 경우는 이자가 비싸서 선호하지 않습니다. 요즘은 학생 대부분이 고등학교를 졸업한 다음 바로 대학으로 직행하지 않습니다."

고등학교 졸업 후 일정 기간 일을 한다는 것입니까?

수잔 | "저희 때는 고등학교를 졸업하면 대부분 바로 대학에 진학했습니다. 하지만 요즘 세대는 고등학교를 졸업하고 1년쯤 '자기 결정 기간'을 갖는 경우가 많습니다. 졸업 후 다른 나라를 여행하거나 일을 하면서, 과연 대학에 진학할지, 대학에 간다면 무엇을 전공할지 고민하는 시간을 갖는 것이지요."

그런 비율이 어느 정도나 되나요?

수잔 | "아마 칠팔십 퍼센트의 학생들이 그렇게 할 겁니다. 야나야, 얼마나 될까?"

야나 | "이런 추세는 최근 몇 년 사이에 점점 더 늘어나고 있어요. 저는 바로 대학으로 진학한 경우지만 제 친구들은 국내외, 특히 유럽으로 가서 여행하고 일하면서 거의 1년 정도를 보낸 다음 대학에 진학했어요. 실은 저도 고등학교 때 엄마의 고향인 덴마크에 가서 몇 개월을 지냈습니다."

자신의 꿈을 찾아 '늦깎이 대학생'의 길을 선택한 한국의 청년들

여름이 절정이던 어느 날, 대학생이라며 예약했던 여학생과 그 친구들이 왔습니다. 하지만 네 명 모두 보통의 대학생 분위기는 아니었습니다. 의문은 그날 밤 이 네 명의 '늦깎이 대학생'들과 수다를 즐기면서 풀 수 있었습니다. 엄밀히 말하면 예약했던 정수옥 씨는 대학교 2학년이었고 나머지 세 명은 3학년을 마친 휴학생이었습니다. 고등학교 동기인 이 네 명의 공통점은 자신들이 절실히 원하는 것들을 찾아 열심히 삶을 실험하고 있다는 것이었습니다.

정수옥 씨는 고등학교 때부터 디자인에 관심이 있었지만, 대학 졸업 후 안정적인 직장을 구하는 데 도움이 되리라는 생각으로 화학공학과에 진학했습니다. 학교를 다니면서도 금속공예공방에서 일을 돕거나 스스로 디자인한 제품을 선보이며 감각을 인정받았습니다. 그렇지만 어느 순간 패션디자인으로 마음이 움직였습니다. 과감하게 다니던 학교를 그만두고 패션디자인과에 다시 입학을 했습니다. 그래서 그는 같은 학번 학생들보다 '늙은, 그러나 행복한' 대학생입니다.

이아영 씨는 문예창작학과에 우수한 성적으로 입학했습니다. 하지만 학년이 올라갈수록 글을 쓰는 일은 배워서 되는 것이 아니며, 또한 글만으로 먹고사는 일은 진입장벽이 만만치 않다는 사실을 알았습니다. 단지 몇 명의 유명 작가만이 글로 생계가 가능한 세계라는 사실도 알았습니다. 그녀는 3학년 때 휴학을 하고 외국으로 어학연수를 갔습니다. 연수 후 학교로 돌아가는 대신, 영어학원을 개업했습니다. 지금은 행복한 영어학원 원장님입니다. 물론 작가의 꿈을 완전히 접은 것은 아닙니다. 지금의 과정 모두 재료가 되리라 믿습니다.

패션디자인을 전공하던 김다영 씨는 대학교 3년 때 휴학을 했습니다. 그리고 언니와 함께 의류 쇼핑몰을 창업했습니다. 개업 3년 만에 쇼핑몰은 어느 정도 안정권에 올랐습니다. 직원도 네 명이나 고용했습니다. 친구들에게 돈을 가장 많이 버는 버젓한 '사장님' 소리를 듣습니다.

또 한 명의 친구 김모아 씨는 패션디자인을 전공하다 대학 3학년 때 휴학하고 금속공예가의 길을 가고 있습니다. 아르바이트를 하던 공방에서 그를 절실히 원했기 때문입니다. 자신의 재능을 발휘할 수 있는 영역을 찾았고 지금 그 영역에서 기초를 든든히 다지며 자신의 가능성을 실험하고 있습니다.

삶의 진정한 주인공으로 살아라

한국의 고등학생들이 감수성이 가장 예민한 황금 같은 시기에 지식을 외우느라 모든 밤을 보내는 현실이 가슴 아픕니다. 그들이 면벽을 하고 머릿속에 입력하고 있는 입시용 지식은 필요하면 언제든지 컴퓨터 자판으로 손쉽게 불러낼 수 있는 것들입니다. 입시 준비를 제외한 모든 것을 포기한 대가로 원하는 대학에 진학하더라도 모두가 고등학교 때 품었던 간절함 만큼 공부와 연구에 치열한 것도 아닙니다. 자신이 원하는 삶이 아니라 주위 누군가가 원하는 삶, 혹은 남에게 보여주기 위한 삶을 선택하는 이들도 많다고 봅니다.

이제 스스로의 행복을 위한 선택으로 되돌아가야 합니다. 고등학교를 막 졸업한 알렉스와 샘이 아프리카 오지를 여행하는 일, 호주의 많은 젊은이들이 고등학교 졸업 후 바로 대학으로 가는 대신 세상을 경험하는 일, 정수옥 씨와 그 친구들이 대학 졸업을 유보하고 사업가가 되어서 세상의 파고에 맞서고 있는 일 등은 내 삶의 진정한 주인공인 나를 위한 주체적인 삶의 한 단면이라 봅니다.

대기업의 신입사원 채용 관문을 넘기 위해 10대부터 진짜 하고 싶은 것은 모두 유보하거나 포기해야 한다는 것은 우리에게 주어진 귀한 시간을 대하는 올바른 태도일 수 없습니다. 자기 삶의 당당한 주인공으로 타인이 아닌 '자신'이 행복한, 그리고 내일이 아니라 '오늘' 행복한 삶을 살 수 있도록 혼자서 가야 합니다. '소리에 놀라지 않는 사자같이, 그물에 걸리지 않는 바람같이, 흙탕물에 더럽혀지지 않는 연꽃같이, 코뿔소의 뿔처럼 혼자서' 가는 것이 지금 우리에게 필요합니다.

20대에 어떻게 야채가게를 할 생각을 했나요?

야채가게에 미래를 건 총각

6월의 어느 토요일, 밤 11시 가까운 시간에 예약한 손님 두 분이 오셨습니다. 젊은 두 남자였습니다. 얼핏 보아도 형제는 아님이 분명했습니다. 관계를 묻는 질문에 형님과 동생으로 지내는 사이라고 했습니다. 방으로 안내하는 내내 너무 늦게 와서 죄송하다는 말을 거듭했습니다. 마치 잘못을 저지른 사람처럼 미안해하는 두 사람에게 오히려 제가 송구스러운 마음이었습니다. 30분쯤 뒤, 청년들은 큰 상자를 들고 서재에 나타났습니다.

"너무 늦은 것이 죄송해서 과일을 좀 가져왔습니다."

체크인 시간이 늦은 것은 전혀 미안해할 일이 아니고, 한

두 개도 아닌 한 상자의 과일을 덥석 받을 수가 없어서 책망하듯 말했습니다.

"젊은 사람들이 넉넉하게 쓸 돈이 어디 있겠어요? 이렇게 한 상자나…."

"아, 저는 야채 장수입니다. 저희 가게에서 가져온 것이니 염려하지 않으셔도 괜찮습니다."

이렇게 젊고 잘생긴 총각이 야채 장수라는 말에 혹시나 하는 마음으로 물었습니다.

"혹시 〈총각네 야채가게〉의 그 총각인가요?"

저는 오래전에 읽었던 책의 제목을 말했습니다. 그리고 서가에서 책을 뽑아 들었습니다.

"네, 그 총각네입니다. 하지만 그 책은 총각네 야채가게를 창업한 대표 이영석 형님이 쓰신 것입니다."

저는 이 두 청년에 대한 궁금증이 더욱 커졌습니다. 상자를 받아 개봉했습니다. 멜론이었습니다.

"앉으세요. 이 멜론은 거저 받은 것이니 함께 먹어야 합니다. 그런데 이 멜론의 고향은 어디입니까?"

저는 멜론을 자르면서 물었습니다.

"아… 고향은 미처 조사하지 못했습니다. 멜론은 종류가 백 가지가 넘는데 금방 따서 과육이 아삭한 상태에서 먹어도 단 품종이 있고 사나흘 두었다가 먹어야 더 달콤한 품종이 있습니다. 지금 찾아보니 원산지는 북아프리카, 중앙아시아 혹은 중동으로 나와 있네요. 선생님 덕분에 하나 더 배웠습니다. 고맙습니다."

야채가게 총각은 멜론의 종류를 설명하면서 스마트폰으로 금방 멜론의 고향을 검색하여 알려 주었습니다. 그리고 자신이 몰랐던 부분을 인지하게 해 준 질문에 감사해 했습니다.

멜론을 잘라 그릇에 담아 들고 아직 방으로 들어가지 않은 분이 있는지 2층까지 살폈으나 이미 자정이라 모두 방으로 들어가고 없었습니다. 야채가게 총각과의 맛있는 대화는 저 혼자만의 차지가 되었습니다.

오늘 바쁜 일이 있었나요?

강성두 | "형님이 가게를 닫는 시간이 정해져 있어서 영업이 끝날 때를 기다렸다가 함께 왔습니다."

두 사람은 어떻게 형, 동생이 된 건가요?

강성두 | "최승현 형님은 총각네 야채가게 아시아선수촌점을 운영하고 있고 저는 캐나다 몬트리올에서 유학을 마치고 올해 1월에 귀국해서 지금 회사에 다니고 있는 강성두라고 합니다. 7년 전에 형님이 어학연수를 하러 캐나다에 왔을 때 6개월

동안 기숙사 룸메이트였습니다."

성두 씨는 먼저 유학을 가 있었고요?

강성두 | "네, 저는 고등학교 2학년 때 한국을 떠나 캐나다에서 고등학교와 대학을 졸업했습니다."

저도 미국 대학의 기숙사에서 지내 보았는데 기숙사에서 한방을 쓴다는 것, 그거 고통인데요. 원수가 되거나 형제보다 더 친한 사이가 되거나. 그런데 두 사람은 7년 뒤에 이렇게 함께 여행을 온 것으로 보아 후자인 모양입니다. 평생 함께 갈 수 있는 우애가 만들어진.

강성두 | "네, 맞습니다. 기숙사에서 한방 생활을 하면서 모든 일에 열심이고 모범인 형님의 생활 태도에 감명을 받았고 형님이 한국으로 돌아간 후에도 계속 연락하고 지냈습니다."

이렇듯 함께 여행을 할 생각은 어떻게 하신 건가요? 혹시 기념해야 하는 날인가요?

강성두 | "제가 한국에 온 후 캐나다 친구 몇 명이 다녀갔는데, 술을 사주는 것보다 함께 여행을 하면 참 좋아했습니다. 경비도 술 먹는 비용과 비슷하고요. 친구들이 돌아가고 늘 가게 운영 때문에 피로에 절어 있는 형님과 여행을 한번 해야겠다고 마음먹어 오늘 오게 됐습니다."

성두 씨의 마음 씀이 참 고맙군요. 야채가게 형님이 여전히 그렇게 좋은가요?

강성두 | "물론입니다. 형님 가게에 가보면 그 힘든 일을 즐겁게 열정으로 하고 있어요. 그런 삶의 자세가 늘 저에게 자극이 됩니다."

김장철에 김장거리를 가져오지 않은 사장

승현 씨는 어떻게 어학연수를 갈 생각을 하셨나요? 야채가게의 국제화를 위해서?

최승현 | "야채가게에 외국인이 오셨어요. 저를 찾아왔는데 그 분 주문을 이해하지 못했습니다. 그래서 다른 분이 그분의 주문에 답했습니다. 그때 어학연수를 결심하고 실행에 옮겼습니다. 1년 반을 있었고 캐나다에서 다시 대학에 진학하고 싶었으나 가정 형편 때문에 귀국했는데, 그곳에서 성두 동생을 얻었습니다."

젊은 사람이 어떻게 야채가게를 할 생각을 했나요?

최승현 | "대학 2학년 1학기를 마치고 군 입대를 했는데 제대할 때가 되니 장차 무얼 해서 먹고 살아야 할지 고민이 더 현실로 다가오더군요. 그래서 제대를 하자마자 지인의 소개로 '자연의 모든 것'이라는 대치동 야채가게에서 일을 시작했습니다. 제게 그 야채가게는 충격이었습니다. 16평의 야채가게가 여덟

명의 젊은 점원과 다섯 명의 배달사원으로도 일손이 모자랐습니다. 제게 충격을 준 것은 그 작은 가게에 길게 줄을 선 손님과 많은 점원뿐만이 아니었습니다. 그 가게 형님들은 각자 자신의 손님을 두고 있었고 자신의 손님에 대한 정보를 낱낱이 기억하고 있었습니다. 가족의 수와 식습관까지도요. 그래서 손님이 오시면 지난번엔 무엇을 가지고 가셨으니 이번에는 이것으로 하는 것이 좋겠다는 맞춤 조언을 했습니다. 그리고 채소의 보관법과 조리법, 그리고 보관 기간이 길어진 재료는 어떻게 활용할지까지 설명을 드렸습니다.

도대체 가게의 어떤 면이 가락동 도매시장보다 더 멀리 있는 그 야채가게로 사람들의 발길을 이끌었을까요?

최승현 | "사장인 영석 형님이 구매를 담당했는데, 가을 김장철이라 배추가 하루 매출의 태반을 차지하는 때였습니다. 그런데 배추를 가져오지 않았습니다. 김장을 할 만한 상품이 없더라는 것이었습니다. 오늘은 무만 팔거나 다른 날 오시도록 말씀드리라고 했습니다. 품질을 위해 기꺼이 매출 감소를 감수하는 형님이었습니다. 그 성실성을 사람들이 알아본 것이지요."

어떻게 상호를 '총각네 야채가게'로 바꾸었나요?

최승현 | "방문하시는 고객분들이 그렇게 부르셨습니다. 직원

모두가 총각이니 '야채가게' 앞에 자연스럽게 '총각네'라는 수식어가 붙은 것이죠. 그래서 고객이 먼저 부르고 있던 이름으로 상호를 바꾼 겁니다."

'매일매일 싱싱하게!'
손님에게는 축복, 가게 주인에게는 도전

승현 씨는 그럼 그때부터 복학하지 않고 야채가게 일을 계속했나요?

최승현 | "복학을 했다가 야채가게에서 번 돈으로 만두와 어묵을 파는 차량 행상을 했는데, 만두 파동으로 결국 실패했습니다. 그리고 다시 야채가게 일을 하게 되었습니다.

졸업하기 전에 이런저런 장사를 시도해 본 겁니까?

최승현 | "부모님께서는 모든 것에 때가 있다면서 졸업을 권했지만 저는 사회 현장에서의 적용과 응용이 더욱 궁금했습니다. 그래서 어학연수 후에 다시 가게를 했습니다."

지금은 독자적으로 가게를 꾸리고 있나요?

최승현 | "네, 총각네 야채가게 아시아선수촌점을 6년째 하고 있습니다."

직원이 있나요?

최승현 | "한 명 있습니다. 5년째 저와 함께하고 있습니다."

단 둘이 5년 동안이나 가게를 함께 꾸렸다면 혈육 같은 정이 들었겠어요. 작은 가게에서 그렇게 오랫동안 같은 직원과 함께하는 것은 뛰어난 경영자도 쉽지 않을 텐데 확실하게 비전을 제시해 주시나 봅니다.

최승현 | "정말 한 가족으로 열심히 하니까 제가 어떻게 해 주어야 하나 고민하고 있습니다. 작은 가게다 보니 지금까지는 특별하게 잘해 준 게 없어요. 이익금을 반반으로 나눌까 생각도 했습니다. 그런데 계속 가게가 돌아가야 하니까 그것은 어렵겠더라고요. 앞으로 복지에 좀 더 신경 쓰려고 합니다. 궁극적으로는 자신의 가게를 낼 수 있도록 도와야지요."

가게 운영의 가장 힘든 점은 무엇인가요?

최승현 | "'매일매일 싱싱하게'가 가게의 모토인데 이 말은 손님에게는 축복이지만 가게 운영자에게는 큰 도전입니다. 그날 들여놓은 물건을 모두 그날 소비해야 하니까요."

생산자를 방문하기도 합니까? 좋은 상품을 담보하기 위해서는 생산자를 검정하는 것도 중요할 텐데?

최승현 | "네, 1년에 두어 품종의 농장을 골라 방문하고 있습니다. 생산 과정을 보면 고객들에게 상품에 대해 더 많은 정보를 드릴 수 있어서 가능하면 자주 방문하고자 합니다."

평소에 스스로에게 다짐하는 금언 같은 것이 있나요?

최승현 | "'꿈, 열정, 도전'입니다. 사실 저희는 모티프원에 오면 선생님과 얘기를 나누고 싶었습니다. 그런데 너무 늦어서 불가능할 것 같아 조바심이 났거든요. 늦은 시간에도 불구하고 선생님을 뵙고 싶었던 저희의 바람을 이루어 주셔서 감사합니다."

총각네 야채가게의 싱싱한 멜론을 나누어 먹으며 나눈 대화는 새벽 2시 넘어까지 이어졌습니다. 다음 날 아침, 다른 손님에게 멜론을 나누어 드리면서 지난밤 만난 두 총각 얘기를 함께 나누기도 했습니다.

체크아웃을 위해 내려온 두 청년과 짧지 않은 작별인사를 나누고 배웅하러 함께 밖으로 나섰습니다. 모티프원에 트럭을 타고 나들이를 온 경우는 이들이 처음이었습니다. 젊은이의 성실한 땀과 도전을 의미하는 그 낡은 야채 운반용 트럭이 컨버터블 슈퍼카보다 멋져 보였습니다.

생각지도 못했던 일이 일어난다면?

김지수와 앤 셜리

늦은 오후 햇살을 등지고 들어오는 소녀의 머리칼이 빛으로 빨갛게 물들어 있었습니다. 직감적으로 '빨간머리 앤'이 왔다고 느꼈습니다. 얼굴에 주근깨가 있었던 것은 아니지만 밝은 웃음이 앤 셜리를 생각나게 했습니다. 부모님과 함께 온 꼬마 숙녀 김지수였습니다.

"몇 살이야?"

"일곱 살이요. 그런데 친구들보다 키가 훨씬 커서 모두 아홉 살로 여겨요."

제 눈에는 기차역에서 매튜를 처음 만난 열한 살의 앤과

조금도 다르지 않았습니다. 집으로 들어오고 10분도 안 되어서 그림을 그려서 제게 내밀었습니다.

"선물이에요."

땅속의 지렁이와 개미, 춤추는 돼지와 물을 뿜는 코끼리…. 땅속과 땅 위가 모두 즐거운 초록지붕집의 마당 같았습니다. 모티프원은 집 전체가 초록색이랍니다.

"친구! 고마워!"

"그냥 지수라고 불러도 돼요."

"아니야. 지수의 친구가 되고 싶어."

지수가 고개를 끄덕이는 것으로 우리는 친구가 되었습니다. 어머니와 저녁을 먹고 들어온 친구는 모티프원의 큰 애완견 해모에게 말을 걸면서 제 주위를 맴돌며 서재에 한참 머물렀습니다. 명랑하고 쾌활하고 수다쟁이면서 말괄량이였습니다.

"해모에게 손을 달라고 해 봐! 착한 사람에게는 손을 주거든."

"정말이요? 그렇지만 해모가 피곤할 수도 있으니 그냥 쓰다듬어 주겠어요."

늦은 시간 자기 방으로 간 친구는 밤 11시가 넘어서 잠옷을 입은 채로 다시 서재에 왔습니다.

"저는 야행성인데, 할아버지도 그렇네요."

저는 빨간머리 앤의 말을 흉내 내어 친구에게 말했습니다.

“친구야, 하지만 일곱 살에게는 늦은 시간이란다. 침대는 잠만 자는 곳이 아니에요. 꿈을 꾸는 곳이기도 하지. 그러니 꿈을 꾸고 내일 아침에 다시 만나자.”

“네, 안녕히 주무세요!”

친구는 두 발자국 옮기고는 다시 돌아서서 말했습니다.

“그림 속 아이는 이가 빠졌네요? 저도 이가 빠졌는데….”

“그래. 너만 한 나이에는 이가 흔들리면 빨리 빼주는 게 좋아. 네가 엄마 젖을 먹을 때 났던 젖니를 제때에 뽑지 않으면 덧니가 될 수 있거든. 친구, 내일 봐!”

“네. 안녕히 주무세요. 안녕히 주무세요.”

다시 돌아보며 말했습니다.

“저 인형은 해모와 똑같은데요?”

“맞아. 해모도 그 인형도 콜리종의 개야. 내일 보자!”

“네. 안녕히 주무세요! 그런데 해모는 자나요?”

“그럼 자지. 친구 안녕!”

“네. 안녕히 주무세요. 그런데 다른 그림 그려드릴까요?”

“지금 ‘안녕히 주무세요’를 몇 번 했는지 알아?”

“네, 알아요. 백 번이요.”

다음 날 아침 8시가 되자 소녀는 눈을 비비며 서재로 왔습니다.

"안녕히 주무셨어요?"

"안녕! 어젯밤에 네가 백 번 같은 인사를 해서 약간 실망했었는데 찬란한 아침이 되니 그 실망이 다 사라지고 없네."

"그래서 행복하세요?"

"그럼. 〈빨간머리 앤〉이라는 이야기책이 있어. 애니메이션으로도 볼 수 있고. 주인공 앤이 꼭 지수를 닮았어. 실수도 잘하지만 상상력도 뛰어나고 항상 긍정적으로 생각하지. 앤이 이렇게 말했어. '정말 행복한 나날이란 항상 멋지고 놀라운 일들이 일어나는 날이 아니라 진주알이 하나하나 한 줄로 꿰어지듯이 소박하며 자잘한 기쁨이 이어지는 날'이라고. 오늘 잠 깬 지수를 보니 다시 그 진주알 몇 개가 꿰어진 듯 행복하구나."

"행복하셔서 다행이네요. 해모와 산책해도 될까요?"

"지수 혼자는 곤란하고 아빠하고 함께라면 괜찮아. 해모는 착하지만 지수보다 훨씬 몸집이 크잖아."

지수와 아빠는 해모와 산책을 나갔다 30분쯤 뒤에 돌아왔습니다.

"해모가 지수 힘들게 하지 않았어?"

"집에 안 오려고 해요."

“지수와 산책을 더 하고 싶은 거지. 지수 같으면 좋은 사람과 있으면 오고 싶겠어?”

“그렇긴 해요. 그런데 저 아래 풀이 있는 동산에서 몇 바퀴를 돈 줄 아세요?”

“다섯 바퀴?”

“아휴, 열 바퀴를 돌았어요.”

“어젯밤 서재에서의 지수처럼 해모도 그 풀이 있는 동산이 좋았나 보구나? 어젯밤 지수는 서재에서 ‘안녕히 주무세요’를 몇 번 했는지 기억해?”

“백 번이요.”

“하지만 해모는 열 번밖에 안 돌았잖아.”

“아참, 해모는 열 번이 아니라 백열 번을 돌았어요.”

“그런 경우, 앤은 뭐라고 생각했는지 알아? ‘생각대로 되지 않는다는 건 정말 멋진 것 같아. 생각지도 못했던 일이 일어난 거니까’라고 더 기뻐했지. 좋아하는 해모와 백열 번을 돌 수 있었으니 정말 생각지도 못했던 일이 일어났군.”

헤어져야 할 시간이 되었습니다. 마치 앤이 다른 집으로 입양을 가는 것처럼 아쉬웠습니다. 몇 번씩이나 뒤돌아서서 멀어지는 지수를 바라보며 생각했습니다.

“내가 매튜면 좋을 텐데, 앤을 입양할 수 있으니.”

처음에는 두근 두근 ♡ 긴장이 ♥ 되었지만
이제는 방긋 방긋
이제는 헤어질시간
할아버지 안녕히계세요 ^^~♡
해보도 안녕 ^^~♡
다음에 또 봐요 ^^~
7월 4일
김재수 가족.

그렇지만 앤의 말을 되새기는 것으로 아쉬운 마음을 달랬습니다.

"린드 아주머니는 아무것도 기대하지 않는 사람은 아무런 실망도 하지 않으니 다행이라고 말했지만 저는 실망하는 것보다 아무것도 기대하지 않는 게 더 나쁘다고 생각해요."

그는 나이고 나는 그입니다

사람을 대할 때는 '모두 같다'는 단 하나의 원칙만 두고 상대를 바라봅니다. 사람을 바라볼 때 과거의 성취나 실패를 현재의 시선에 반영하지 않으려고 합니다. 그러면 처음 만나는 분이라도 마치 친구처럼 친밀하게 느껴집니다. 돈이 많고 명성과 직위가 높은 사람에게도 움츠러들 필요가 없으며 남들이 비루하게 여기는 사람도 존엄과 존경으로 대할 수 있습니다.
그는 나이고 나는 그입니다.

카드회사 사장님은 농부에게 무엇을 배웠나요?

현대카드 정태영 사장과의 두 시간

2010년 봄 어느 토요일 저녁 무렵, 예약자 중 한 분에게 전화를 받았습니다. 헤이리에 들어왔는데 어디로 가야할지를 묻는 전화였습니다. 마침 밖에서 볼일을 보고 돌아오는 길이라 전화한 분이 계신 곳으로 직접 가서 길을 안내했습니다. 모티프원에 도착한 일행은 예약한 방으로 안내 받기보다 서재에서 대화하기를 청해 탁자에 마주 앉았습니다.

어두워진 시간이라 서재에 들어와서야 서로의 얼굴을 확인할 수 있었는데, 나이를 짐작하기 어려울 만큼 건강한 모습에 수수하지만 멋이 깃든 차림이었고 겸손하지만 뚜렷한 논리와 어법이 매력 있었습니다.

"매력적인 분을 남편으로 두셨군요. 비법이 뭔가요?"

부인께 먼저 질문을 던졌습니다.

"하하하. 이렇게 매력적인 남자가 되는 데 저도 일조했습니다."

부인의 답도 경쾌했습니다.

남편의 물음에 제가 답하는 방식으로 한동안 대화가 오간 후 그분께 일하는 영역을 물었습니다. 관심 영역을 알면 더욱 알맞은 답변이 가능하기에 던진 질문이었으나 가능한 상대의 프라이버시나 자존심에 영향이 없도록 광범위하게 물었습니다.

"카드회사를 운영하고 있습니다."

그 답변에 제 마음을 솔직하게 말했습니다.

"요즘 카드회사에서 스팸 메시지를 많이 받습니다. 대출을 해준다는…."

"저희 회사는 그런 메시지를 보내지 않습니다."

"회사 식구는 몇 분이나 되나요?"

"약 8천 명 정도입니다."

"아… 그렇군요."

저는 회사 직원이 8명이 아니라 8천 명 정도면 수시로 스팸 문자를 보내는 불법 사채업자가 아닐 것이라고 확신했습니다. 그리고 우리는 생태와 환경, 건축과 문화에 대해 다양한 주제의 이야기를 주고받았습니다.

오늘도 업무가 있었습니까?
"아니요. 경기도에 있는 한 농부를 만나고 오는 길입니다. 미국에서 공부를 하신 분인데 카페를 하며 실내에서 채소 재배를 함께 하시는 분이에요. 한 공간에 구획을 나눠 일부는 카페를 하고 또 다른 공간에서는 채소를 키우는 것이지요. 여러 사람이 출입하는 카페 공간에서는 이산화탄소의 배출이 많고, 식물을 재배하는 공간에서는 산소가 배출됩니다. 두 공간을 환기용 관로인 에어덕트로 연결하고 양쪽 공기를 바꾸는 겁니다. 카페 손님에게는 신선한 산소를 공급하고 온실 식물에게는 카페의 이산화탄소를 보내는 거지요."
참 멋진 조합이군요.
"저는 이렇듯 이질적인 장르의 상호 결합에 관심이 많습니다. 여의도 본사 사옥 로비에 수경재배 시설을 만들고 싶어요. 블록처럼 거치대를 만들고 구획을 나눠 채소를 재배하는 겁니다. 건물에는 신선한 산소를 공급할 수 있고 수확물은 직원들이 퇴근하면서 따 갈 수도 있잖아요."
또한 설치작품일 수도 있겠군요. 친환경이기도 하고요. 방문자들이 로비에 들어서자마자 녹색 조형을 만나는 신선한 경험을 할 수 있어 좋겠네요.

정태영 사장과의 대화는 맛나고 신선했습니다. 서재에서의 두 시간이 순식간에 흘렀습니다. 장르를 넘나드는 대화에서는 열정이 느껴졌으나 겸손과 예의를 벗어나지 않았습니다. 궁금한 부분을 상대가 부담을 느끼지 않을 만큼 물었고 질문 이상으로 자신의 이야기를 했습니다.

"오늘 저희가 자고 가지는 못하게 되었습니다. 아들이 동행하게 되었고 오늘 밤에 마사이족과 살다 오신 분을 뵙는 약속이 생겼거든요. 죄송합니다. 다음 기회에 온전히 밤을 함께 보내도록 하겠습니다."

주말 오후 장거리 운전을 마다하지 않고, 창의적인 삶을 살고 있는 사람들과 혁신의 현장을 찾아 직접 대면하고자 하는 정태영 사장의 열정과 호기심이 신선했습니다.

요리 앞에 앉기 며칠 전부터 행복해 하는 고객, 그 비법은 무엇인가요?

시드니의 개인 요리사, 후세인

후세인Hussein Bahsoun은 시드니의 개인 요리사(personal chef, 특정한 개인의 의뢰로 맞춤 요리를 하는 요리사)입니다. 영국과 프랑스의 금융사에서 직장 생활을 하면서 짬짬이 취미이자 즐거움인 요리를 공부하고 실습했습니다. 몇 년 후에는 그 경험을 바탕으로 레스토랑의 일을 도와주기도 했습니다. 경력이 쌓이자 그는 사표를 냈습니다. 그리고 개인 요리사로 일하기 시작했습니다. 그렇게 또 몇 년이 흐른 어느 날, 영국에서 함께 지내다 호주로 간 친구에게 연락을 받습니다.

"시드니로 옮기는 게 어때? 여기는 개인 요리사의 수요가 점점 많아지는 추세인데….”

그는 친구의 연락을 받고 호기롭게 영국을 떠났습니다. 자기가 하고 싶은 일을 마음껏 할 수 있다면 어떤 고생도 능히 감내할 수 있을 것이라 확신했습니다.

고생이 적지 않았습니다. 스스로를 소개하는 작은 전단을 만들어 오가는 사람들에게 돌리기도 하고 자주 들락거리던 서점의 주인에게 이야기해 그곳에 비치하기도 했습니다. 노력 끝에 식이요법이 필요한 사람의 식단을 짜고 요리해 주는 일을 맡았습니다. 그렇게 고객의 요구와 상황에 맞춰 일주일에 두 번, 혹은 세 번 방문하는 일들을 늘려나갔습니다.

얼마 지나 완전히 자리를 잡은 그는 두 개의 공간으로 나뉘어 있는 작은 집을 빌려서 한 공간을 정교한 주방으로 만들었습니다. 효율적으로 요리할 수 있는 싱크대와 주방기기를 갖춘 자신만의 스튜디오였습니다.

다양한 케이터링이 가능해졌습니다. 소규모의 친지나 친구 모임부터 수백 명이 모이는 파티까지 크고 작은 일들을 모두 감당할 수 있게 되었습니다. 그는 프랑스나 이탈리아 요리를 비롯한 서양요리 전문이지만 일식과 중식뿐만 아니라 다른 특별한 요청도 소화할 수 있습니다. 필요할 때 도움을 주고받을 수 있도록 시드니의 요리사들과 네트워크를 만들었기 때문입니다.

모티프원에 오기 전에는 아카데미상을 받은 영화사의 축하 파티를 치렀습니다. 수백 명을 초청한 파티였습니다. 다음 날 그는 여러 차례 전화를 받았습니다. 요리가 정말 맛있었다는 감사 인사였습니다. 큰 행사를 치른 후 스스로에게 보름간의 휴가를 주었습니다. 그리고 한국에 왔습니다.

후세인은 한국을 떠나기 전에 한국만의 고유한 정서를 간직하고 있으며 전통 요리를 맛볼 수 있는 지역에 가 보고 싶다고 했습니다. 저는 전주를 추천했습니다. 그리고 그곳에서 한옥을 짓고 있는 목수 한 분도 소개해 주었습니다. 다음 날 그는 천리를 멀다 않고 기꺼이 전주로 갔습니다. 목수와 함께 전주의 전통을 지키는 어른들과 유서 깊은 한옥을 보고 전통 맛집을 찾았습니다. 그리고 한옥에서 머물며 차를 배우기도 했습니다. 그는 한국에서의 경험에 황홀해하며 호주로 돌아갔습니다. 그게 2011년의 일입니다. 그 후 후세인은 감사의 마음을 담은 편지를 보내기도 하고 다시 한국에 들러 모티프원을 찾기도 했습니다. 그리고 2014년 가을, 또 한 번 한국을 방문한 그는 노란 느티나무잎과 햇살로 가득한 정원을 지나 모티프원 서재로 들어왔습니다.

“안수! 보고 싶었습니다. 하지만 전 매일 당신 블로그를 통해 모티프원과 대면하고 있답니다. 이곳에 누가 오가는지, 무슨 대화가 이루어지고 있는지를 소상하게 알고 있지요. 그것들이 제게 새로운 영감을 줍니다. 지구 반대편에서도 제게 영감의 원천이 되어주셔서 고맙습니다.”

다시 대면한 기쁨의 포옹을 풀고도 감격 어린 인사말이 이어졌습니다.

“저는 잘 있었어요. 일도 순조롭고 매일 세 마리의 반려견과 해변을 산책하는 일도 즐겁답니다.”

그는 세 마리의 개를 가족으로 두고 있습니다. 이번처럼 오랫동안 집을 비우면 반려견들은 누가 돌보는지 궁금해 물어보았던 적이 있습니다. 그는 펫시터를 이용한다고 했습니다. 베이비시터가 아이를 돌봐 주는 것이라면 펫시터는 반려동물을 보살펴 주는 것입니다. 애견호텔을 이용할 수도 있지만 비용이 만만치 않고 동물 입장에서는 하루 종일 우리에 갇혀서 지내야 하는 문제가 있는데 펫시터를 구하면 이를 해결할 수 있습니다. 집이 비어 있는 동안 머물 곳이 필요한 사람에게 집을 무료로 빌려주는 대신 상대는 반려동물을 보살펴 주는 것입니다. 후세인은 펫시터 사이트에 미리 사연을 올려 응모자를 인터뷰한 다음 가장 적합한 사람을 찾아 반려동물

을 맡기고 왔다고 했습니다.

펫시터를 원하는 분이 많나요?

"이번에도 펫시터 사이트를 통해 몇 사람의 희망자 중 인터뷰를 하고 한 분에게 맡겼습니다. 다른 도시에서 여행을 온 사람이나, 집을 떠나 혼자 있고 싶은 사람 등 각기 다른 사정의 사람들이지요."

영국에 다녀왔다고요?

"제 친구의 할머니가 100세를 맞았어요. 고향이 영국 요크셔예요. 그래서 함께 갔지요. 여왕님이 축하 엽서도 보내 주고 시장님은 직접 집에 방문해 축하해 주었어요. 할머니께서는 아흔여섯까지 홀로 운전을 하셨답니다."

사업이 순항하고 있더군요. 잡지에 나온 기사도, 신문에 나온 기사도 보았어요.

"네. 그래서 정신없이 바빠지는 크리스마스 시즌을 앞두고 그에 대한 구상과 휴식을 하는 게 이번 여행의 목적 중 하나예요. 올해 연말 시즌 예약은 이미 모두 끝났답니다."

얼마 전에 예약을 해야 되나요?

"2개월 전쯤에 예약을 해야 돼요. 2주 앞두고 연락이 오면 일정이 비어 있어도 제대로 일을 하기에는 무리예요. 고객 개개인을 위한 독특하고 특별한 요리를 제공하려면 충분히 구상할 시간이 필요하거든요."

큰 규모의 케이터링은 혼자 감당할 수 없잖아요?

"혼자 감당할 수 없는 규모의 행사는 동료들과 함께 합니다. 각자 자신만의 전문 영역을 갖고 있는 전문가들이죠. 요청을 하면 즉시 모입니다. 사실 저는 회사를 키우는 것에는 관심이 없습니다. 큰 행사를 많이 받는 것보다 개인의 개성과 요구를 충족시키는 것이 더 즐거워요."

어떻게 고객을 사로잡을 수 있나요?

"요리 앞에 앉기 며칠 전부터 행복하게 만들어 드립니다."

행사 전인데 어떻게 그게 가능한가요?

"바로 고객과의 '소통'이죠."

소통이라면?

"제게 일을 맡기면 먼저 고객과 논의하며 요리의 방향을 정하고 식단을 짭니다. 그 구체적인 내용을 고객에게 보내드려요. 계획에 동의를 얻으면 규모에 맞추어 시장을 봅니다. 시장에 가서 재료를 구입하는 과정을 사진으로 찍어서 실시간으로 전송합니다. 재료를 어디에서 누구에게 샀는지, 얼마나 신선한지 알 수 있도록 하는 것이지요.

재료를 다 준비하면 요리를 시작하기 전에 모두 모아 놓고 다

사진 | 후세인

시 사진을 찍어서 보냅니다. 당신을 행복하게 만들 요리를 위해서 이 모든 재료를 사용할 것이라고 얘기하지요. 그럼 고객은 요리를 보기 전이지만 어떻게 조리되어 나올지 기대로 부풀고 스스로 상상하면서 입맛을 다시죠.
완성한 요리를 어떤 그릇에 어떻게 담는지도 아주 중요합니다. 마치 설치미술처럼 요리의 성격에 맞게 담아냅니다. 그릇뿐만 아니라 오래된 서랍이나 나무토막 같은 것을 활용하기도 합니다. 제가 만든 요리 앞에 접시를 들고 나타난 사람들은 탄성부터 지르지요. 음식을 담는 대신 한참 사진을 찍기도 하고요.
행사가 모두 끝나고 청구서를 보낼 때는 꼭 제가 만든 잼이나 케이크 같은 것을 함께 보냅니다. 행사를 맡겨주신 데 대한 감사의 인사말을 담아서요."
정말 처음부터 끝까지 끊임없이 소통을 하는군요. 이런 정성이라면 설혹 작은 실수가 있더라도 양해할 것 같아요. 모두가 고객하고 함께 진행한 것이니까요.
"물론 실수가 있어서는 안 되지요. 저의 특별 선물과 함께 청구서를 받은 고객 중 금액을 깎자고 한 분은 없었어요."
개인 요리사로서 후세인의 핵심은 고객과 '논의'하고 '과정'을 '공유'하는 것으로 보입니다.

"맞습니다. 논의를 통해 모든 결정에 고객의 요구를 충분히 반영하고 그 과정을 즐기게 하지요. 행사를 마치고 나면 고객이 행사 전보다 더 행복해졌다는 것을 확인하는 것으로 제가 할 일은 끝나는 것입니다."

올바른 생각입니다. 요리를 즐긴다는 것은 곧 행복한 시간을 갖는 것이니까요.

"또한 '요리는 의미를 부여하는 일'이기도 합니다."

진정한 아름다움은 어디에서 오나요?

스님의 재활용 명함

야초 스님께서 산에서 내려오셨습니다. 제가 헤이리 풍경을 카메라에 담기 위해 집을 비운 사이 모티프원에 들러 저를 기다리던 중, 저를 찾아오신 '스튜디오 다홍'의 조옥희 사진가와 어울려 점심을 함께하고 세상 이야기를 나누고 있었습니다. 생면부지의 사람끼리 이처럼 경계를 풀고 상대에게 스스로를 내보이며 대화하는 모습을 보는 것은 제가 모티프원에서 누리는 가장 행복한 일입니다.

헤어질 시간에 야초 스님과 조옥희 선생님은 서로 명함을 주고받았습니다. 서로 오래 알고 지낸 사이였으나 야초 스님에게 명함이 있다는 사실은 처음 알았습니다. 스님의 명함에 흥미를 느껴 제게도 한 장 주실 것을 청했습니다.

스님께서 내민 명함에는 '분별심'이라는 제목과 '물음도 따짐도 부질없는 것. 바람과 구름은 시비하지 않더라'라는 작은 한글 붓글씨 옆에 스님의 전화번호와 불가의 이름이 친필로 쓰여 있었습니다(스님은 무위無爲라는 또 다른 이름을 사용하기도 합니다). 뒷장을 보니 한글 서예전 도록을 재활용한 것이었습니다.

품어주는 사랑이 필요한 분에게는 모정을 표현한 조각품 도록으로 만든 명함, 도시의 탈출을 꿈꾸는 사람에게는 시원한 자연 그림으로 된 명함을 건넵니다. 상대는 작은 명함 속에서 자신과 합일되는 작품을 만나는 감동을 얻습니다. 작품 도록이나 담뱃갑 외에도 철 지난 달력, 매일 쌓이는 홍보물 등 구도를 살펴 마름질하면 명함과 엽서로 사용할 수 있는 재활용 폐지는 얼마든지 많습니다.

저는 스님이 가진 명함을 전부 보여 달라고 청했습니다. 모두 버려진 종이를 재활용해서 만든 것이었습니다. 폐지함에서 주운 도록이나 담뱃갑 같은 것을 가져다 적당한 글귀나 그림을 염두에 두고 알맞은 크기로 자른 다음 여백에다 꼭 필요

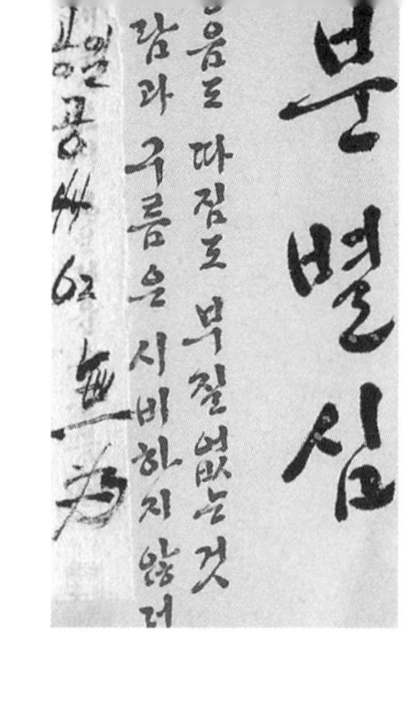
분별심
음도 따짐도 부질없는 것
람과 구름은 시비하지 않더
010.44.62

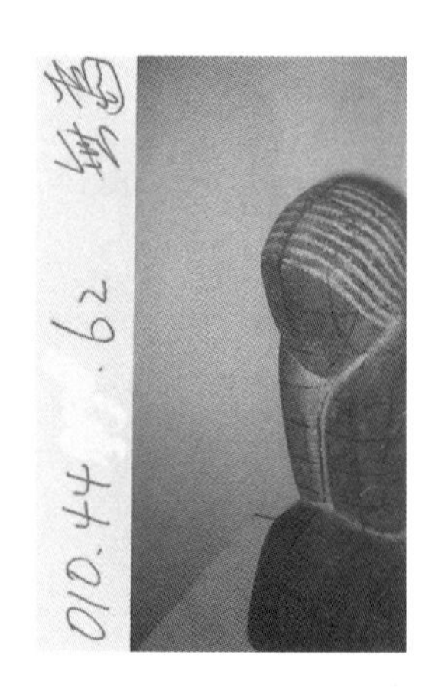
010.44.62

010.44 62

010.44
62

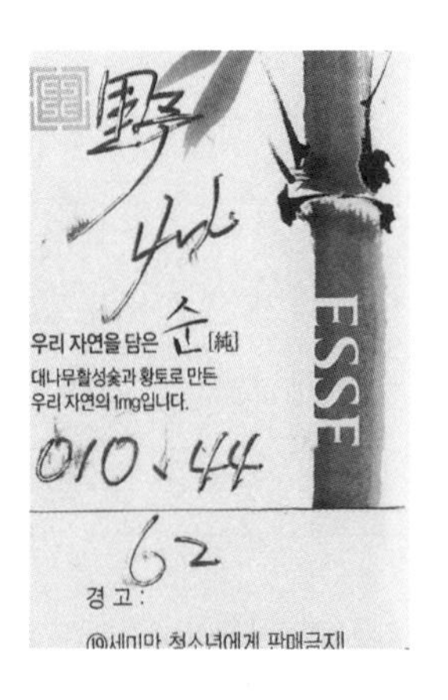
우리 자연을 담은 순[純]
대나무활성숯과 황토로 만든
우리 자연의 1mg입니다.
ESSE
010.44
62
경 고:

한 정보인 이름과 휴대폰 번호만 써서 명함으로 사용하고 있었습니다. 뒷면이 백지인 경우에는 좋은 잠언을 써넣기도 했습니다.

인생은 날씨와 같은 것.
꿈에 집착하지 마라. 현실의 부산물이다.
한가할 때 바쁜 일 하면 바쁠 때 한가롭다.
지금 소중한 것도 시간이 흐르면 다 부질없느니라.
지금보다 젊은 날은 오지 않는다.
머리로 살지 말고 가슴으로 살아라.
종교는 행복으로 가는 도구에 불과하다.

삶의 속도에 집착하는 분에게는 그 속도를 늦출 수 있는 경구를, 젊음을 덧없이 소비하는 분에게는 시간의 소중함을 일깨우는 경구가 쓰인 명함을 건넵니다. 스님께서 명함을 건네는 일은 삶의 깨달음을 전하는 일인 셈이지요.

저는 스님의 이 작은 실천이 진정한 생명운동이라고 느꼈습니다. 우리는 유한한 자원을 끝없이 과소비하고 있습니다. 내용보다 겉치레를 중시해서 포장의 중복을 남발합니다. 신문사에서는 광고비 인상을 위해 필요 이상의 부수를 인쇄한

다음, 인쇄기의 매수 카운터를 통과한 새 신문을 바로 폐기장으로 보내기도 합니다. 풍년이 들면 정부가 시장 안정을 위해 다 익은 과일을 파기하는 것을 전제로 보조금을 지불하기도 합니다. 하지만 우리 주위에는 풍년에도 불구하고 가으내 한 번도 그 달콤한 과실을 맛보지 못한 불우한 이웃이 적지 않습니다. 이 모순을 극복하는 것은 이론적 해법의 목소리를 높이는 것보다 스님 같은 작은 실천일 것입니다.

재활용은 남이 버린 것을 줍는 것이 아니라 생명을 보듬는 일입니다.

뒷모습이 더 아름다운 사람

오랜 단짝 친구인 두 여성이 모티프원을 다녀갔습니다. 다음 날 두 사람이 떠나고 머물던 방을 정돈하기 위해 들어갔을 때 가지런히 엎어놓은 커피 잔과 물 주전자가 눈에 들어왔습니다. 저는 설거지 후 컵을 바로 엎어놓지 않습니다. 물기와 습기가 컵 속에 갇혀 컵이 마르는 것을 막을 수 있기 때문입니다. 습기는 미생물이 증식하기 좋은 환경을 만들지요.

두 사람은 그 사실을 인지하고 있었습니다. 주전자의 뚜껑을 살짝 열어두고 컵을 받침의 가장자리로 밀어서 컵 속에 공기가 소통할 수 있도록 해 둔 것입니다. 이런 세심함은 자신의 가정이 아닌 곳에서 발휘하기 쉽지 않은 미덕이지요. 이렇듯 때로는 사람이 떠난 자리에서 마주하는 뒷모습을 통해 그 사람의 진면목을 느낄 수 있습니다.

흔히 일본인에게 '혼네本音'와 '다테마에建前'로 구분되는 행위가 있다고 말합니다. 혼네는 본심이 투영된 속마음이고 다테마에는 의례적인 겉마음으로 구분하지요. 이 혼네와 다테마에가 일본에만 있는 것이 아님을 자주 느낍니다. 사람의 앞모습이 다테마에라면 사람의 뒷모습은 혼네입니다. 앞모습의 겉마음과 뒷모습의 속마음이 너무 다른 것을 알게 될 때는 저도 잠시 혼란에 빠지곤 합니다.
그리고 다짐하지요.
"앞모습보다 뒷모습이 더 아름다운 사람으로 살자."

가족은 힘인가요? 짐인가요?

열여덟 소년과 치매 할머니의 동행

고등학교 2학년 남학생과 늦은 점심을 함께했습니다. 사실 오후 네 시가 넘은 시간이니 오히려 저녁 식사에 가까웠지만 그도 나도 아침을 먹지 않았으니 아침이라고 하기에도, 점심이라고 하기에도 어려운, 단지 허기를 면하는 식사였습니다.

평소에도 아침을 안 먹니?
"네, 최근에 아침을 먹어본 적이 없어요."
나도 오늘이 첫 식사이긴 하다만 나는 어지간히 산 사람이고 너는 여전히 성장을 해야 할 나이에 아침을 먹지 않으면 곤란하지.

"아니에요. 선생님도 더 사셔야죠."

고맙다. 내가 몇 살쯤으로 보이니?

"60대로요."

그럼 몇 년이나 더 살면 좋을까?

"20년이요."

그럼 80세쯤까지 살 수 있다는 거네. 요즘은 의술이 좋아져서 점점 수명이 늘고 있다는데?

"오래 사는 것은 좋지 않은 거 같아요."

아니, 열여덟 살에게는 어울리지 않는 말 같은데. 그런 생각을 하게 된 계기라도 있어?

"할머니가 저를 고생시키고 있거든요."

편찮으셔?

"치매예요."

연세가 얼마나 되셨지?

"여든셋, 아니면 여든넷 정도 되세요. 정확히는 모르고요."

너를 고생시킨다니? 너보다 부모님이 더 힘드실 텐데.

"누나랑 저랑 할머니, 이렇게 셋이 살아요. 그런데 할머니는 저와 한방을 쓰시거든요."

아버지와 어머니는?

"부모님은 제가 젖먹이 때 이혼하셨어요. 아빠와 함께 살지만 아빠는 직장 때문에 지방에 계세요."

이런. 누나는?

"대학생이에요."

몇 학년인데?

"모르겠어요. 저보다 네 살이 많아요."

그럼 너뿐만 아니라 누나도, 할머니도 아침식사를 못하겠구나.

"그렇지요. 라면을 끓여 먹고 학교 가야 하는데 아침에 너무 바빠서 그렇게 할 수가 없어요."

누나도 그렇게 바빠?

"네. 아르바이트 하고 늦게 들어오니까요."

두 명 모두 학교에 가고 나면 치매 할머님의 식사는 누가 드려?

"노인복지사요. 12시에 오셔서 세 시간 돌봐 주세요."

할머님은 그때 첫 식사를 하시겠구나.

"그렇지요."

할머니는 누나와 한방을 쓰지 않고?

"할머니가 저를 더 좋아하세요. 저를 키웠거든요."

할머니께서 너를 기억하시니?

"못해요.

어떻게 알지?

"저를 보고 저를 데려오라고 하시거든요."

그러실 정도면 네가 많이 힘들 것 같은데….

"잠을 거의 안 주무세요. 그리고 제가 아침에 일어나면 제 옷과 책을 다 싸놓고 빨리 집에 가자고 조르세요."

그럼 뭐라고 말씀드려?

"그러려니 해요. 아무리 설명해도 못 알아들으니까요."

아버지는 자주 오셔?

"주말마다 오셨는데 최근에는 한 달째 안 오셨어요."

전화라도 자주해?

"안 해요."

너라도 전화를 자주 드리지 않고?

"별로 대화를 하지 않았기 때문에 그러고 싶지 않아요."

어머니는 간혹 얼굴이라도 보고?

"작년 추석에 한 번 만났어요."

그럼 연락은 닿고 있구나.

"누나하고요."

그런데 너와는 작년에 처음 만났다는 거냐?

"네. 누나는 저보다 네 살이 많아서 엄마를 기억해요. 그렇지만 저는 엄마에 대한 기억이 전혀 없어요. 그런데 작년 추석에 부여 큰댁에 갔는데 누나가 어디 좀 같이 가자고 했어요. 그곳에 어떤 아주머니가 있었어요. 저를 보더니 울기만 했죠. 누나가 엄마래요."

너는 눈물이 안 나든?

"전혀요."

왜?

"저는 무감각했어요. 제 가슴 속에 엄마라는 존재가 없었거든요."

그럼 누나가 미리 어머니 만나러 간다고 사실을 알려 주었다면 가지 않았을 수도 있었겠네.

"아니요. 그래도 갔을 거예요. 단 한 번은 엄마라는 사람이 어떤 사람인지 보고는 싶었거든요."

그럼 누나는 그동안 간혹 혼자 어머니를 만났겠구나.

"그랬을 거예요. 그것 때문에 아빠에게 혼나곤 했거든요."

왜 혼나?

"아빠는 엄마를 절대 못 만나게 하거든요. 이혼하면 자식을 누가 키울 건지 법으로 정해야 된대요. 그런데 아빠가 키우기로 했고, 아빠는 엄마가 누나와 저를 만나지 못하도록 접근금지명령을 청구하기도 했대요. 제가 세상에서 제일 궁금한 게 있어요. 아빠와 엄마가 왜 이혼했는지 알고 싶어요."

그렇게 궁금하면 아빠에게 물어보지 않고?

"못 물어보겠어요."

왜?

“혼날 것 같아서요.”

그럼 작년에 어머니를 만났을 때 물어볼 수도 있었잖아?

“그 사람에게는 물어보고 싶지 않았어요.”

그럼 그때 어머니와는 아무 말도 안 하고 헤어졌니?

“식사를 함께했어요.”

밥을 제대로 먹을 수도 없었겠네.

“그분은 울음을 그치고 나서는 금방 괜찮아졌어요.”

너는 끝내 아무 말도 하지 않았고?

“기억이 안 나는 것으로 보아 아마도 그랬던 것 같아요.”

다시 보고 싶지 않아?

“전혀요.”

그럼 이유식을 먹기 전부터 너를 키우신 할머니가 완전히 엄마 같겠구나?

“그렇지도 않아요. 우리 집에는 거의 대화가 없어요. 누나는 자기 일로 너무 바쁘고 아빠는 멀리 계시지만 오셔도 거의 말씀이 없으세요. 제가 불만인 것은 아빠는 일곱 형제 중에 막내예요. 그런데 누구도 할머니께 관심이 없어요.”

너무 가난하거나 형편들이 여의치 않은 모양이구나.

“그렇지도 않아요. 다섯 분은 모두 평범하게 살아요. 단지 한 분만 사업을 하다가 부도가 나서 미국에 가서 살고 있대요. 오래전 일이지만 아버지도 큰아버지에게 2억을 떼여서 지금도 그 빚 때문에 고생이 심한 걸로 알고 있어요."

그래. 할머님은 젖먹이인 너를 키워야 해서 막내 집에 있을 수밖에 없었겠구나. 그 후로 아버지의 형제들은 너희 집에 계시는 것을 당연한 것으로 알았을 테고…. 앞으로 네가 점점 더 어려워질 수도 있다. 치매라는 것이 좋아지기는 어렵거든. 진전을 지연시킬 수는 있어도….

"할머니는 제가 서너 살 때의 기억만 가지고 계시는 것 같아요. 늘 어두워지니 빨리 저를 집에 데려오라고 하시거든요."

비로소 오래 사는 것이 좋은 것만은 아니라고 했던 네 말을 이해할 만하구나. 할머니가 돌아가시기 전까진 네가 많이 힘들겠다.

"하지만… 돌아가시면 더 힘들 것 같아요."

그는 라면국물에 밥을 말면서 슬쩍 손등으로 눈을 문질렀습니다. 저는 냅킨으로 입가를 닦으면서 재빠르게 눈가도 닦았습니다.

군인 남편을 두고도 입대한 아들에 애달픈 마음인가요?

군인 아버지와 이등병 아들, 그리고 어머니

강원도 화천에 사는 가족을 위해 한 분이 방을 예약하셨습니다. 전날 묵은 손님의 체크아웃 시간도 되기 전인 이른 시간, 파주까지 오셨다며 전화로 모티프원의 위치를 물었습니다. 화천까지의 거리를 생각하면, 새벽에 길을 나선 것이 틀림없었습니다. 가족이 모티프원에 얼굴을 내밀었을 때 비로소 꼭두새벽에 길을 나선 이유를 알 수 있었습니다.

일행 중 한 사람이 볼에 홍조를 띤 작대기 하나의 이등병이었습니다. 부모님과 여동생이 입대 후 첫 외박을 나오는 군인을 만나러 온 것입니다. 대중교통으로 화천까지 이동하기에는 시간이 빠듯한 상황을 헤아려 가족이 모두 파주로 달려왔습니다.

가족을 잠시 서재로 모신 채, 전날 머문 분의 체크아웃을 돕고는 부리나케 방을 청소하고 단장해 이등병 가족을 체크인 시간에 관계없이 방으로 들게 했습니다. 서재에서의 짧지 않은 기다림의 시간, 눈에 물기가 어린 어머님은 한없이 바라보기만 할 뿐 아들을 앞에 앉혀 두고도 아무 말씀이 없었습니다. 방으로 안내하며 이용에 필요한 설명을 마치자 어머님께서 처음으로 제게 말을 건넸습니다.

"아들에게 제가 직접 한 더운밥을 먹이고 싶습니다. 이 주방에서 밥을 지어도 되나요?"

"물론입니다. 이 방은 모든 것이 독립되어 있으므로 방해받지 않고 아드님과 지낼 수 있을 것입니다."

그 후 어머님은 싸오신 음식과 과일을 한 접시 제게 건네거나, 혹은 한두 가지 양념을 빌리기 위해 방을 나왔을 뿐이고, 아버님은 바깥 그릴에 고기를 구우러 내려왔을 뿐 모든 시간을 방에서 보냈습니다.

다음 날, 저는 정해진 체크아웃 시간에 개의치 마시고 머물다 가시라고 말씀드렸습니다. 점심까지 손수 만들어 먹이고 싶어 하시는 어머님의 마음을 읽었기 때문입니다. 일요일

오후 늦은 시간, 서재로 내려오자 부모님만 앉아 계셨습니다. 이등병 아들과 딸은 차에 타 출발 준비를 하고 있었고, 제가 외출 중인 것으로 생각하신 부모님은 제게 작별 인사를 하기 위해 20분쯤을 기다리고 계셨습니다.

어머님은 저와 차 한잔 나눌 수 있을 만큼 감정이 정리된 듯싶었습니다. 커피 한 모금을 마시고, 먼저 아버님께 말을 건넸습니다.

"아드님 입대 후 첫 만남인가요?"

"그렇습니다."

"얼마 만의 해후입니까?"

"두 달 만입니다."

"인근에서 복무 중인가요?"

"문산에서 포병으로 복무하고 있습니다."

과묵한 아버님과 단답형의 대화가 이어졌습니다. 저는 이제 곧 자식을 부대로 되돌려 보내야 하는 사정을 염두에 두고, 남은 22개월이 아들의 일생에 결코 헛된 시간이 아닐 것이라고 위로 드렸습니다. 잠시 침묵이 있었고 또다시 제가 침묵을 깼습니다.

"화천이면 특별한 산업이 있습니까?"

"주로 농사를 하거나 상업에 종사합니다."

“아버님께서는 농사를 하시는 것 같지는 않습니다만….”

“저도 군인입니다.”

“저는 교원이거나 공무원일 거라 짐작했습니다.”

여전히 침묵 중이신 어머님께 말머리를 돌렸습니다.

“어머님은 직업 군인인 남편을 두고 계시면서도 이처럼 군인 아들에게 애달픈 마음이십니까?”

군인인 남편과 결혼해, 전주와 서울, 화천으로 남편이 근무지를 옮길 때 서로 떨어져도 지내보고 부대 근처 군인 사택에서 사병들의 생활도 수없이 지켜보았을 어머님이 말씀하셨습니다.

“자식은 남편과는 달라요.”

저는 지난밤 그 이등병이 벗어둔 군화를 보면서, 저 먼 시골에서 청평까지 바리바리 음식을 싸서 첫 면회를 오셨던 제 부모님 모습이 생생히 떠올랐습니다. 위병소 옆 양철지붕 면회실에서 어머니와 저는 풀어둔 음식 보자기를 사이에 두고 그 짧은 면회 시간 대부분을 침묵으로 보냈습니다.

큰 회사를 나와 창업할 때 망설임은 없었나요?

'배달의민족'의 우아한 성공, '우아한형제들' 김봉진 대표

"우아한형제들입니다. 열두 명이 1박 2일의 워크숍을 하려는데 예약이 가능할까요?"

세상 돌아가는 일에 둔감한 저는 '우아한형제들'이라는 이름이 가족 집단인지, 동창 모임인지, 아니면 회사 이름인지 통 감을 잡지 못한 채 자신 없는 물음을 던졌습니다.

"회사인가요? 그렇다면 어떤 일을 하시는…?"

"'배달의민족'을 서비스하는 회사입니다."

또다시 드는 의문.

'배달의… 민족?'

얼마 후 예약한 날이 되어 그 의문투성이였던 회사의 식구들이 왔습니다. 구티(goatee, 염소수염)부터, 노리스 스키퍼(norris skipper, 턱수염만 있는 스타일), 힙스터(hipster, 콧수염과 턱수염이 분리된 스타일) 등 다양한 수염 스타일에 까까머리, 갈기머리 등 헤어스타일도 각양각색인 사람들이었습니다. 나이는 종잡을 수 없었지만 독특한 스타일만으로도 생각이 말랑말랑한 사람들의 집단이라는 것은 확실했습니다. 일행은 도착하자마자 바로 워크숍을 시작했습니다. 그리고 일정은 새벽 3시까지 이어졌습니다. 그 워크숍이라는 것도 먹고, 마시고, 웃고, 이야기하는, 업무와 놀이의 경계를 넘나드는 것이었습니다.

모든 일정을 끝낸 다음 날 아침, 좀 여유롭게 일행들과 얘기를 나눌 수 있는 짬이 났습니다. 제가 미처 몰랐던 배달앱 '배달의민족' 서비스에 대해 설명을 듣고 시연도 보았습니다. 자리에는 회의 중 끝내지 못한 이야기가 남은 몇몇 형제자매들만 남았습니다. 그들 앞에 '뒷담화 금지'라 쓰인 포스터가 펼쳐져 있었습니다.

"이 포스터를 사람들이 무척 좋아하세요. 회사나 집에 붙여놓기도 하고……. 그래서 이 포스터 자체도 상품으로 판답니다. 물론 다른 브랜드 제품도 있어요. 이 글꼴은 대표님이 디자인한 한나체예요. 대표님 첫딸 이름이 한나거든요."

팀원의 설명에는 은근한 자부심이 묻어났습니다. 워크숍에 함께한 식구들 모두 불량 스타일과 겸손한 태도를 함께 갖추고 있어 서열을 짐작할 수 없었는데 일행 속에 CEO가 있었습니다. 스스로 자수했습니다.

"김봉진입니다."

딸이 하나인가요?

"둘입니다."

그럼 한나체의 동생 글꼴은 언제 나오나요?

"주아체는 지금 작업 중입니다."

김 대표님은 보통의 CEO 같지 않네요.

"디자이너입니다."

그래픽 디자이너요?

"원래는 실내 디자인을 전공했습니다. 하지만 지금은 그래픽 디자인을 공부하고 있습니다."

그럼 현재 CEO, 디자이너, 학생의 일인 삼역을 수행하고 있나요?

"그런 셈이군요."

실내 디자인을 전공한 분이 경영과 그래픽 디자인에 더 뛰어날 수 있나요?

"아, 전공은 실내 디자인이었지만 졸업 후 그 일 대신에 인터넷 쪽 일을 계속 했어요. 세이클럽과 네이버에서도 일했고요."

그는 나이키코리아, 현대카드 등의 웹사이트 아트디렉터 일도 하고, 네오위즈와 NHN에서 브랜드 마케팅 디자이너로 조직의 졸병 생활도 경험했다고 합니다.

우아한형제들을 창업한 것은 언제인가요?

"2010년 6월입니다."

회사 식구는 몇 분이나 되나요?

"100명 정도입니다."

아니, 어플리케이션 개발 회사에 그렇게 많은 식구가 필요해요?

"어쩌다 보니 자꾸 식구가 늘어나네요. 개발 식구들이 개발해서 출시하니 전국의 배달 회사 사장님들과 접촉하는 영업 식구가 필요하고, 또 서비스를 알리기 위해 홍보와 마케팅팀이 필요하고, 다시 회사 식구들이 일을 잘할 수 있게 돕는 총무팀과 경영팀이 필요하고, 경영을 잘하기 위해서는 다시 경영전략실이 필요하고…."

매출은 얼마나 되나요?

"작년에 100억을 넘겼습니다."

스타트업 기업으로서는 급성장을 했군요. 그럼 언제쯤 코스닥으로

갈 예정인가요?

“글쎄요. 삼사 년 뒤?”

전국의 배달업소 12만 곳 이상이 등록되어 있고, 앱 다운로드 수가 900만이 넘었다고 아까 들었어요. 지금 보면 성공했으나, 네이버라는 월급 걱정 없는 몸집 큰 회사를 그만두고 나올 때 미련은 없었어요?

“네. 망설이지 않았습니다.”

네이버에서는 김봉진 직원이 사표를 냈을 때 무척 애석해 했겠군요. 인재를 잡아 둘 노력을 하지 않던가요?

“네이버에는 저 같은 사람이 3천 명이 넘습니다. 저는 그들 중 한 명일 뿐입니다.”

사표를 낼 때 부인의 반응은 어땠습니까? 남편이 사표를 내겠다는 의사를 전하면 차가운 반응이 보편적인데….

“빨리 사표를 내라고 오히려 저를 격려하는 편이었어요.”

이날의 첫 만남 이후 우아한형제들과 김봉진 대표는 수시로 모티프원을 찾았습니다. 광고 회의를 하기도 하고, 가족, 친구들과 휴식의 시간을 갖기도 했습니다.

여러 차례 우아한형제들 식구들과 김봉진 대표를 만나면서 기업과 기업 경영의 변화를 실감했습니다. 지금까지의 창업과 기업의 경영이 얼리버드들의 치열하고 맹렬한 정진의 결과물이었다면 오늘날의 창업과 성공은 우아한형제들처럼 키치하고 유연한, 마치 놀이처럼 함께 즐기는 것으로 점차 변하고 있다는 사실입니다.

(편집자주: 우아한형제들이 모티프원을 처음 방문한 2014년의 대화로 현재와는 차이가 있습니다.)

꿈꾸던 일이 현실이 되었을 때 어떻게 달라지나요?

'별 볼 일 없는' 천문학자

울산 바닷가에 살던 한 소년은 밤하늘 올려다보는 것을 좋아했습니다. 어둠이 내린 뒤 마을 앞 해변에 나가 누우면 얼굴로 쏟아질 듯 촘촘한 별이 소년의 마음을 송두리째 앗아가곤 했습니다. 조금씩 다른 모습으로 빛나는 별의 반짝임도 좋았지만 모여 있는 별을 이어 보면 돌고래, 독수리, 사자 같은 모양으로 보이는 게 재미있었습니다. 초등학생이던 소년은 오래전부터 사람들이 하늘을 보며 자신과 같은 생각을 했고 별자리에 이름을 붙여 불러 왔다는 사실을 미처 알지 못했습니다. 땅보다 바닷물이 온도 변화가 적어 바닷가에서 유난히 별이 잘 보인다는 것도 나중에야 알았습니다.

어느 겨울, 소년은 태양물리학을 연구하는 천문학자가 되어 연인과 함께 모티프원에 왔습니다. 밤이 되자 연인을 앞세워 모티프원의 옥상에 올라간 그는 참으로 오랜만에 하늘의 별자리를 올려다보았습니다. 오리온자리, 쌍둥이자리, 황소자리, 큰개자리, 작은개자리…. 헤이리의 밤하늘, 겨울 별자리를 연인에게 설명하는 시간은 성인이 된 천문학자를 울산의 바닷가 소년으로 되돌려 놓았습니다.

서재에 두 사람이 내려온 후, 별을 관찰하는 천문학자의 낭만적인 이미지에 사로잡혀 평소 궁금하던 것들을 질문했습니다.

세계에서 별을 제일 잘 관찰할 수 있는 곳은 어디인가요?

"별은 지구 대기를 통과해서 관찰해야 하기 때문에 기류 변화가 적을수록 선명하게 관찰할 수 있습니다. 세계에서 기류 변화가 가장 적은 곳이 미국 하와이 섬과 아프리카 서사하라 서쪽 해안에서 100킬로미터 떨어진 스페인령 일곱 개 섬으로 이루어진 카나리아 제도입니다. 하와이에는 마우나 케아 천문대가 있고 카나리아 제도에는 라 팔마 섬에 라 팔마 천문대, 테네리페 섬에 있는 테이데 천문대가 있습니다."

어느 천문대에서 관찰해 보셨나요?

"여러 나라의 연구소와 대학의 천문대가 밀집한 그곳에 우리 나라 천문대는 없습니다. 그래서 저는 지도 교수님이 계신 독일로 가서 독일 우주센터인 막스플랑크 태양계 연구소의 천문대가 있는 테이데 천문대를 이용하여 관측을 합니다."

유럽과 아프리카, 아메리카를 잇는 대서양의 아름다운 테네리페 섬의 산정에서 별무리를 관찰하는 일은 무척 즐거운 일일 것 같습니다.

"사실 연구원들은 별을 직접 보지는 못합니다. 천문대 관측실 내부는 모두 모니터로 둘러져 있습니다. 천체망원경의 접안부에 연결된 컴퓨터 모니터로 데이터를 받아서 분석할 뿐입니다. 육안으로 별을 보기 위해서는 쉬는 시간에 천문대 밖으로 나가야 하지요."

별과 별자리에 매혹되었던 울산의 소년이 마침내 천문학자가 되었고 보고 싶었던 별자리를 매일 밤 관찰하고 있으니 얼마나 좋을까 싶었던 저의 생각과 달리 청년은 별 대신 여러 대의 모니터만 들여다보는 '별 볼 일 없는' 천문학자의 처지를 살고 있었습니다.

천문학자의 연인은 건축가였습니다. 그는 매일 아름다운 집을 짓는 행복한 상상으로 건축가가 되었습니다. 하지만 건축가의 현실은 늘 지루한 도면과 씨름하는 밤샘의 연속이었고 그 무리한 나날에서 벗어나기 위해 공기업의 연구소로 자리를 옮겼습니다. 하지만 그곳의 업무도 도면을 검토하는 일의 반복으로 아름다운 집을 짓는 낭만과는 여전히 거리가 있습니다.

두 사람이 다음 날 작별인사를 위해 저를 찾았습니다. 오랫동안 그저 같은 대학의 선후배로만 지내다가 얼마 전 연인으로 발전한 두 사람은 오랜 공부와 직장 생활로 흔히들 결혼적령기라 부르는 나이에 닿아 있는 형편이었습니다. 그들의 화두이기도 한 '결혼'이라는 주제에 대한 제 생각을 전하는 것으로 인사를 나누었습니다.

"육안으로 별을 관찰하는 일이 즐거워 천문학자가 되었지만 천문학자의 현실은 '별 볼 일 없는 일'입니다. 결혼은 별이 좋았던 바닷가의 소년이 천문학자가 되는 일과 닮은 꼴입니다. 연애는 추상이고 결혼은 현실이지요. 하지만 컴퓨터 모니터만 바라보아야 하는 천문학자의 현실이 가치 없는 일이 아니듯 현실에 급급해지는 결혼 생활도 결코 가치 없는 일이 아닙니다. 추상의 낭만이 현실의 숭고함으로 전환되는 것이지요."

다시
시작하기 위해
무엇을
준비해야 하나요?

나는 중고 신인이다

한국에서 시각디자인을 전공하고 일본의 유명 미술대학에서 공간연출디자인을 공부한 아티스트 한 분이 있습니다. 한국의 대학에서는 과대표를 지냈고 일본의 대학에서는 유학생 대표로 활동한, 밝고 추진력 있으며 역동적인 성격이었습니다. 그는 도쿄에서 유학할 때 같은 학교에 단기 연구생으로 온 한국 남자와 사랑에 빠져 학생 신분으로 결혼을 했습니다. 자식을 유학 보낸 부모 입장에서는 딸이 학업을 마무리하고 자신의 능력을 펼치는 모습을 보고 싶었을 터이므로 그 결혼이 어머님에게는 아쉬움이었던 것 같습니다.

결혼 후 여자는 기대나 약속과는 다른 남자의 성격과 태도를 보게 되었습니다. 준비 중이던 대학원 진학도 불가능했고, 작품 활동을 할 수 있게 해 주겠다 약속했으나 결혼 뒤에는 대외 활동 자체를 막았습니다.

'남자가 먼저 두각을 드러내야 하지 않느냐'는 것이 이유였습니다. 함께 예술을 하는 부부로서 품었던 꿈이 모두 물거품이 되었습니다. 부부가 함께 걸으며 각자의 세계를 격려하는 삶을 기대했던 여자, 그러나 남자는 부인이 먼저 예술계에서 두드러지는 것을 두려워했습니다.

신혼 때부터 각방을 사용했습니다. 일곱 명의 딸 뒤에 어렵게 얻은 아들이라 집안에서 소황제로 자라온 남편은 누군가와 함께 잠을 자는 것조차 불가능하다고 했습니다. 누구와도 터놓고 상담을 할 수 있는 형편이 못 되었습니다. 결혼 과정에서 친정어머니는 사위와 틈이 생겼고, 자신도 함께 연락을 끊고 있었기 때문에 친정어머니와도 상담할 수가 없었습니다.

그 사이 아이 두 명이 태어났고 그는 모든 사회적 실현 욕구를 차단당한 채 육아와 1년에 열 번이 넘는 집안 제사를 모시는 일에만 전념해야 하는 처지였습니다. 유학 생활로 습관이 된 일본어 한 마디도 집안 사람들 앞에서는 지탄의 대상이 되었기 때문에 실수가 두려워 종국에는 말을 삼가게 되고 꼭 말을 해야 하는 경우에도 어눌해졌습니다. 시댁에서는 점점 심신이 박약한 사람 취급을 했습니다. 집에서 작품을 하고 있으면 아이를 내팽개치는 나쁜 엄마로, 불면을 극복하기 위해 가벼이 술 몇 잔 하는 모습을 보고는 알코올중독자로 소문냈습니다.

마침내 우울증으로 두 아이와 함께 집을 나왔고 집에서는 귀가를 종용할 목적으로 모든 생활비를 끊었습니다. 세 식구가 거의 굶을 지경에 처했습니다. 이 결혼은 결국 13년 만에 이혼으로 끝이 났습니다. 아이들은 아버지에게 돌아갔고 그는 누구의 통제도 없이 갈망했던 작업을 할 수 있게 되었습니다. 하지만 이미 심장 깊숙이 박힌 유리 조각 같은 우울증이 그를 죽음 직전으로 몰고 갔습니다.

몇 년 전 우연히 저를 만난 것은 바로 그 즈음이었습니다. 그리고 시간이 흘러 가장 조용한 때에 맞춰 모티프원을 찾아와 1박 2일 동안 긴 얘기를 나누었습니다. 그는 홀로된 지난 몇 년 사이에 이미 많은 것을 이루어 놓았습니다. 끊임없이 작업을 했고, 친정어머니와도 다시 관계를 회복했습니다.

갇혀 있던 마음의 문을 열고 나오자 모임의 리더 역할을 하던 예전의 성격이 다시 살아났고 일본과 대만 등 다른 나라 대학 동창들과의 관계도 복원되었습니다. 작품의 구상과 작업 계획 그리고 전시 일정이 그의 일정표를 가득 채웠습니다. 하지만 모든 것을 비우고 극복해도 단 한 가지 도저히 극복할 수 없는 것이 있다고 했습니다.

"아직도 제가 일본에 가 있다고 믿는 두 딸입니다."

친정어머니와의 관계를 회복하고 나서, 그는 지난 세월의 모든 감정과 물건을 끌어안고 사는 어머니의 모습을 타박했습니다.

"엄마! 제발 엄마 자신을 비워요. 그리고 모든 것을 버려요."

그랬더니 며칠 뒤 그의 어린 시절 사진과 성장의 흔적이 담긴 상자 하나를 보내왔습니다. 엄마에게 전화를 했습니다.

"엄마, 엄마를 버리라고 했더니 딸을 버렸구나!"

그의 이야기를 모두 듣고 말했습니다.

"10년 넘게 얼굴 한번 내밀지 않은 단절의 세월 동안 얼마나 큰 배신감에 사로잡혔겠어요. 아마 사위보다도 딸이 더 원수 같았겠죠. 그렇지만 그 시간을 지나오면서도 딸에 대한 모든 흔적들을 고이 간직하고 있었던 것은 아무리 미워도 딸을 극복할 수는 없었던 것입니다. 당신이 지금 만나지 못하는 딸을 향해 품은 마음이나, 그때 친정어머님의 마음이나 조금도 다를 바 없을 거예요."

다시 앞으로의 작품 활동 계획에 대해 이야기하다 그가 웃으며 말했습니다.

"저는 제 장르에서 중고 신인이에요."

'중고'라는 말은 젊은 작가들이 갖지 못한 '삶의 짙은 경험'이라는 것으로 치환할 수 있고, '신인'이라는 말은 갓 물 밖에 올라온 다랑어처럼 펄쩍펄쩍 뛰어오를 수 있는 '열정'으로 대치할 수 있을 것입니다. 그렇게 범상치 않은 중고 신인 한 명이 마침내 세상 밖으로 날아올랐습니다.

한국에서 제일 가고 싶었던 곳 1순위가 모티프원이었습니다.
사람들과 소통할 수 있다는 희망을 갖게 해 준 곳입니다.
선생님과 사모님, 낯선 곳에서 처음, 그것도 짧은 시간에 몇 년간의
마음의 상처를 위로 받았습니다. 두 분은 그저 차 한잔 주시고 늘
하던 대로 상대방을 대하셨겠지만 저에게는 눈물 나도록 고마운
시간이었답니다. 그만큼 고립되었던 저에게 살짝이나마 출구를
열어주신 것 같습니다. 항상 오고 싶다 생각만 하고 홈페이지를 보는
걸로 대신했었는데 이번에 다시 찾아뵙게 되어 무척 기쁩니다.
2층 책상에 앉아 창문을 보니 정말 좋습니다. 창밖의 풍경과 함께
모티프원의 따뜻함을 다시 한번 마음에 담고 갑니다.
앞으로 더욱 자주 올 수 있기를 희망합니다.

기다림은 장을 어떻게 바꾸어 놓나요?

미생물 농사꾼, 옹기뜸골 우태영

선조들은 된장을 '오덕五德'이라 하며 그 성질을 칭송하였습니다. 다른 맛과 섞여도 제 맛을 잃지 않는 단심丹心, 오래 두어도 상하지 않는 항심恒心, 비리고 기름진 냄새를 제거해 주는 불심佛心, 매운맛을 부드럽게 해 주는 선심善心, 어떤 음식과도 잘 어울리는 화심和心이 그것입니다. 된장은 이렇듯 단순한 먹거리 이상의 존재였습니다.

경남 거창에서 재래식 된장을 담고 있는 우태영 선생님을 만나 우리 전통 장의 신비를 알게 되었습니다. 현재 우 선생님이 '옹기뜸골'이라는 상표로 된장을 만들고 있는 거창의 상천리는 20여 가구가 옹기종기 모여 살고 있는 촌락으로 우 선생님이 나고 자란 곳입니다. 2000년에 고향으로 돌아와 2003년부터 된장을 만들었습니다. 그 전에는 소금 장수였다고 합니다. 스물셋에 고향을 떠나 대구와 부산에서 소금을 만들어 팔았습니다. 오랫동안 소금 장수였다는 말에 우선 소금에 대해 물었습니다.

"천일염이 곧 소금은 아닙니다. 천일염은 바다를 밭으로 해서 바닷물의 수분만 증발시켜 만듭니다. 바다라는 밭은 모든 것을 받아들이는 곳으로 좋은 것도, 새로운 것도 함께 받아들입니다. 그래서 천일염은 80여 가지의 복합 물질로 이루어져있는데 그중에서 특히 네 가지 성분이 우리 몸에 크게 해가 됩니다. 첫째는 납이나 수은 같은 중금속으로 암을 유발합니다. 둘째는 유해가스입니다. 천일염 한줌을 5분만 실내에서 볶아보면 가스 때문에 집 안에 있기 곤란할 정도입니다. 히틀러가 유대인 학살에 사용한 독가스가 바로 천일염에서 추출한 황산가스입니다. 셋째가 간수입니다. 간수는 염화마그네슘이 주성분으로 단백질을 응고시키는 성질이 있습니다. 그래서 두부응고제로 사용하지요. 하지만 모세혈관을 막히게 할 수도 있습니다. 당뇨를 앓는 사람에게 짜게 드시지 말라고 하는 이유이기도 합니다. 넷째는 뻘입니다. 천일염을 수거할 때 염전의 개흙도 일부 들어갑니다. 이는 신장결석이나 혈관을 막는 원인이 될 수 있습니다.

그래서 이 모든 유해한 것을 분리해야 하는데 그 방법으로 용융법과 발효법이 있습니다. 전자는 고온으로 녹이는 것입니다. 천일염은 860℃가 녹는점이고 약 1000℃에서 완전히 액체가 됩니다. 그리고 1360℃에 달하면 기화하지요. 소금은 이런 유해 성분을 제거한 것으로 태양의 열매라고 할 수 있습니다.

제게 소금 만드는 법을 알려주신 선생님이 계신데 소금만으로도 좋지만 발효식으로 만들어 먹으면 더 안전하고 유익하다고 말씀하셨어요. 제가 장을 담그게 된 계기입니다."

우 선생님에게 소금 장수 생활은 좋은 장을 담그는 하나의 학습 기간이었습니다.

메주는 미생물 덩어리죠? 도대체 몇 가지의 균이 있나요?

"종전에는 열두세 가지 정도로 알았습니다. 그러나 최근 국립농업과학원 발효이용과에서 DNA 염기서열 결정법으로 분석한 결과 860여 가지가 넘는 것을 확인했습니다. 메주는 그야말로 미생물의 집이 아니라 '미생물의 왕국'입니다."

메주에 항암 효과가 있다는 말도 있어요?

"메주 발효의 대표 균은 황국균과 바실러스 서브틸러스입니다. 황국균은 누룩곰팡이의 대표 균이며 전분 당화력, 단백 분해력이 강한 균으로 소화제 제조에도 사용합니다. 바실러스 서브틸러스는 우리 장내 부패균의 활동을 억제하여 부패균이 만드는 발암 물질이나 암모니아, 인돌 같은 발암 촉진 물질을 감소시킵니다. 또한 이 속의 효소가 사람 핏속의 혈전을 용해시키는 능력이 있습니다."

전통주를 담그는 아내를 돕다가 술을 망친 적이 있어요. 술을 담은 항아리 온도를 체크해서 항아리를 식히라 하고 아내는 출근을 했는데 그만 40℃가 넘어버린 거예요. 술이 쉬어서 식초가 되었습니다. 이렇듯 미생물은 온도가 무척 중요하더군요. 된장도 마찬가지일 것 같은데요?

"똑같습니다. 사람에게 유효한 균이 살기 적당한 온도는 보통 30~40℃입니다. 저는 유효균 종류에 따라 30℃로 시작하여 40℃까지 온도를 올려줍니다. 황국균은 낮은 온도, 바실러스 서브틸러스는 높은 온도가 적합하지요. 40℃를 넘어서면 장맛이 써집니다."

된장과 청국장의 차이는 무엇인가요?

"청국장은 단기 발효한 것입니다. 청국장이라는 말도 전국장

戰國醬에서 비롯되었다고 하는데 말 그대로 전쟁 중 단시일 안에 만들어 먹을 수 있게 한 것이죠. 된장은 사계절을 거친 것으로 계절의 기운이 들어가 있습니다."

그럼 된장은 장가르기를 한 다음 그해에 바로 먹는 게 아니라는 거네요? 얼마나 기다려야 하나요?

"한여름 뙤약볕은 지나야지요. 아무리 급해도 9월이나 10월은 지나서 드셔야 합니다. 발효가 진행되는 30℃는 우리나라에서 여름 볕을 지나야 하니까요."

된장이나 간장은 천연 항생제같다는 생각이 드네요.

"바실러스 서브서틸러스는 고세균의 특성을 가진 균입니다. 영하 40℃에서, 그리고 영상 126℃ 정도에서도 살아남는 균입니다. 그러니 냉동 상태에서도, 펄펄 끓는 물 속에서도 죽지 않는 불사균인 것이지요. 스피노자는 '내일 지구가 멸망해도 한 그루의 사과나무를 심겠다'고 했습니다. 그러나 저는 한 말의 장을 담그겠습니다. 위기의 지구에 더 유효한 것은 유효균이기 때문입니다."

우태영 선생님과의 대화를 통해 콩이 메주가 되고, 메주가 다시 장이 되는 과정을 찬찬히 듣고 이해할 수 있었습니다. 장은 콩, 물, 소금의 단순 조합물이 아닙니다. 눈에 보이지 않는 미생물을 잘 키우는 일, 콩은 콩대로, 소금은 소금대로, 물은 물대로, 공기는 공기대로, 햇볕은 햇볕대로, 바람은 바람대로 주변의 환경들이 잘 위치할 수 있도록 살피고 돌보는 일, 그리고 미생물이 자라고 활동할 시간을 충분히 주며 기다리는 일 등 많은 것을 필요로 하는 장은 하나의 생명체였습니다.

늦가을에서 초겨울 사이 콩을 삶아 메주를 발효실에 들여 두면 이제 좋은 메주가 만들어지는 것은 하늘과 땅의 기운과 자연의 신묘한 조화에 맡겨둘 일입니다. 좋은 된장과 간장의 시작이 될 좋은 메주를 만들기 위해 지금 사람이 할 일은 그저 조용히 기다리는 것, 즉 '뜸을 들이는 시간'을 허락하는 것입니다.

맛 좋은 밥을 짓는 일이나, 좋은 장을 담그는 일이나, 좋은 사람이 되는 일, 그 이치가 크게 다를까 싶습니다. 밥을 지을 때면 더 이상 가열하지 않는 시간이 필요하고, 장을 만들 때도 사람의 품을 들이지 않는 시간, 즉 그냥 내버려 두는 시간이 꼭 필요한 것이지요. 뜸을 들이지 않은 밥은 설익고, 뜸을 들이지 않은 장은 소금물에 불과합니다.

사람에게도 '뜸이 드는 시간'이 필요합니다. 아무 일도 하지 않는 시간 즉, 짧게는 막연히 먼 산을 보거나, 하늘을 올려다보는 시간, 눈을 감는 시간 등 길게는 며칠, 혹은 몇 주 동안 일상으로부터 떨어져 지내는 시간이 허락되어야 합니다. 일을 하지 않는 시간이 아니라 바로 '뜸이 드는 시간'인 것입니다. 마침내 향기 나는 사람으로 완성되는 시간입니다.

저는 미생물 농사꾼 우태영 선생님을 생각할 때마다 좋은 장의 비결을 생각하고, 좋은 장은 '뜸'을 들이는 그 시간도 허락하지 않는 조급함으로는 이루어지지 않는다는 이치를 상기하게 됩니다. 우리에게는 사랑하는 사람을 좀 기다려주는 것, 그 마음이 필요합니다. 어린 자녀를 채근하는 것은 밥이 되어가고 있는 솥의 뚜껑을 계속 열어보는 것과 다르지 않습니다.

제가 제일 좋아하는 향기가 있습니다. 그것은 '세월의 향기'입니다. 결코 하루아침에 만들어질 수 없고, 세월이 흐른다 해도 계속 채근 받은 존재에게는 그런 향기가 풍기지 않습니다.

그 시간이 없었다면 오늘도 없다

우리 가족은 한때 재개발구역, 지붕의 기와가 다시 방수 덮개를 이고 있는 집에서 살았습니다. 서울 마포의 아현동 85번지. 연탄을 실은 리어카도 들어가기 어려워 손으로 날라야 했던 좁은 골목이 있는 동네입니다. 골목에서 두 사람이 마주치면 비켜가기 위해서 서로 몸을 옆으로 틀어야 했습니다. 맞벌이를 위해 아이들은 고향 부모님 댁에 맡겨둔 채 한 달에

한 번 상봉했습니다. 짧은 만남 뒤 우리 부부가 서울로 돌아갈 시간이 되면 할머니는 아이를 업고 마실을 가야 했습니다. 엄마에게도, 아이에게도 헤어지는 것은 참 힘든 일이었습니다. 매정하게 돌아서기 어려웠던 것은 그 곁에 서 있던 저 역시 마찬가지였습니다.

그런데 그 시간들조차도 지금은 기억 속에 그리움으로 남았습니다. 뒤돌아보면 제게 주어진 그 무엇도 지우고 싶은 것이 없습니다. 벗어나고 싶어 발버둥쳤던 시간일지라도 지나고 나니 썩은 이를 뽑듯 인생에서 발치하고 싶은 시간은 하나도 없습니다. 오히려 그 시간들을 거름 삼아 오늘을 얻었습니다. 그러므로 그 시간이 없었다면 오늘도 존재하지 않습니다.

감당하기 버거운 기억은 어떻게 하나요?

모티프원의 서재에 비밀을 묻다

여자 손님 세 분이 오셨습니다. 보이차 애호가였습니다. 일주일에 한 번은 꼭 보이찻집에 모여 다섯 시간 이상씩 차를 마신다고 했습니다. 차를 바꿔 가면서 마시고 함께 얘기를 나누는 것입니다.

다섯 시간 동안 끊임없이 차를 마신다? 저는 그 시간이 좀 길다 싶었습니다. 세 분은 모티프원 서재에서도 다기 세트를 펴고 앉았습니다. 그날 밤에는 저도 모임 일원이 되었습니다. 차를 우려내고 따라 주는 팽주는 돌아가면서 맡았습니다. 저녁 9시에 시작한 끽다는 새벽 4시쯤 겨우 끝이 났습니다. 차를 마시는 동안 저는 시간의 흐름을 인지할 수 없었습니다. 좋은 차에 대한 얘기로 시작된 찻상에서의 대화는 끝없이 이어졌습니다. 동료와의 우정, 직장 생활, 과거사, 그리고 사랑에 대한 고백까지…. 잠시 사랑을 느낀 남자가 기약 없이 중국으로 가버린 사연을 이야기하던 손님 한 분이 갑자기 내일 아침 정원에 불을 지필 곳이 있는지 물었습니다.

어떤 용도로 불을 피워야 하나요?

"태울 종이가 있어서요."

물론 가능해요. 마당 구석에 작은 구덩이를 파고 태운 다음 묻으면 되니까요. 태울 종이가 많은가요?

"노트 네 권입니다. 지난 4년 동안의 제 일기입니다."

일기장을 왜 태우려고 하나요?

"가벼워지고 싶어서요."

일기장이 버거울 정도인가요?

"지난 4년 동안 제가 많이 힘들었거든요. 생각하지 못한 방식으로 가족이 세상을 떠났고 스스로도 심리적 혼란에서 벗어나지 못한 시간이었습니다."

이해가 되는군요. 그런데 일기장을 태워도 가벼워질 수 없습니다. 선생님을 누르는 것은 마음인데 일기장을 태운다고 가벼워질 수 있을까요? 그리고 선생님을 힘들게 했던 지난 4년의 기억들로부터 자유로워질 수 있을까요? 무거운 기억을 떨쳐내려 하지 말고 감싸 안는 것은 어때요? 뇌리에서 지우려고 하는 대신 그것을 숙성시켜서 선생님이 더 강해지는 거름으로 삼는 것이지요. 기억하고 싶지 않은 과거도 언젠가 올 찬란한 미래의 바탕일 수 있습니다. 불면증에 고통 받는 사람이 의식적으로 잠을 청할수록 더욱 잠들 수 없는 것처럼, 지금 선생님이 느끼는 무게로부터 자유로워지는 것은 일기장을 태우는 것이 아니라 마음을 바꾸는 것입니다. 오늘 밤 곰곰이 생각해 보세요. 그리고 내일 아침 결론을 이야기해 주세요. 제가 구덩이를 파야 할지, 아니면 선생님께서 그 일기장을 후일 담담한 마음으로 되새김할 수 있도록 도로 가져가실지.

"알겠습니다. 내일 아침에 말씀드릴게요."

새벽에 잠자리에 들었음에도 늦지 않은 시간에 일어났습니다. 서재에서 그분을 다시 만났을 때 목소리는 변함없었지만 표정은 아침 햇살처럼 환해졌습니다.

구덩이를 팔까요?

"아니요. 그럴 필요가 없어졌어요. 이미 해결했습니다. 네 권의 일기장을 이 서재 어딘가에 숨겨 두었습니다. 만약 선생님

께서 이사를 가시지 않는다면 훗날 제 아들이 와서 그것을 찾아낼 수도 있겠지요."

저는 이사 갈 생각이 전혀 없습니다. 아마 제가 살아 있는 동안 이 서재는 같은 모습일 것입니다.

"고맙습니다. 제 과거를 내려놓을 수 있게 해주셔서요."

자신의 일기장을 태울 필요도 없는, 그리고 되가져 갈 필요도 없는 방식으로 결론을 낸 것입니다. 그 후 그분은 특별한 분들과 함께 다시 모티프원에 오셨습니다. 정말 즐거운 표정이었습니다. 일행이 떠날 때 그분과 저는 포옹으로 작별 인사를 나누며 말했습니다.

"우리 둘은 우리만 아는 아주 특별한 비밀을 공유하고 있답니다."

타인을 향한 사랑은 어디에서 오나요?

필리핀 '베데스다 여성과 어린이 센터' 설립자 신성균

세상 모든 미사여구를 더해도 미치지 못할 만큼 아름다운 사랑이 있습니다. 그것은 바로 나라와 인종, 나이, 종교를 구분하지 않는 사랑, 박애입니다. 그리고 그 진정한 아름다움은 실천을 통해 빚어진다고 믿습니다. 여든이 넘는 나이에도 국경을 넘어 실천하는 사랑을 멈추지 않는 신성균 선교사의 삶이 그것을 증명합니다.

신성균 선교사는 서른셋에 갑자기 찾아온 극심한 허리 통증 때문에 일상생활이 불가능할 정도로 괴로워했습니다. 무너진 몸을 안고 절망 속에서 기도했습니다. 건강을 되찾으면

하나님의 일을 하는 삶을 살겠다고 약속했습니다. 그러던 중 카이로프랙틱(chiropractic, 신경과 근골격계의 문제를 약물이나 수술을 사용하지 않고 손으로 치료하는 방법)을 접하고 고통에서 벗어났습니다. 그는 약속을 지키기 위해 카이로프랙틱을 공부하려 했으나 국내에는 제대로 배울 수 있는 곳이 없었습니다. 캐나다가 가장 체계가 잘 잡혀 있다는 이야기를 전해 듣고 그곳의 교재를 받아서 홀로 연구하며 척추교정의 세계에 입문했습니다. 그렇게 익힌 척추교정술을 봉사와 선교를 위한 나눔의 밑거름으로 삼았습니다.

1978년에는 베데스다봉사단이라는 봉사단체를 만들어 좀 더 조직적으로 취약계층을 돕는 일에 앞장섰고 1986년에는 도움이 더 절실한 필리핀으로 가서 30년간 헌신했습니다. 어떤 교회나 단체에서도 지원을 받지 않고 스스로 걸어온 길입니다.

몸이 아닌 사회를 치유하는 길

카이로프랙틱은 약물이나 수술 없이 맨몸으로 신경과 근골격계 질환을 치료하는 방법이라 신체 자체가 의료도구입니다. 지난 40여 년간 많게는 하루에 삼사백 명의 척추교정을 시행한 결과, 본인의 뼈와 근육이 파열되고 말았습니다. 타인의 몸을 치유하기 위해 자신의 몸이 무너져 내려 플라스틱 인공뼈로 대체하는 수술을 했습니다. 건강 때문에 더 이상 척추교정으로 아픈 이들의 몸을 치료하는 일이 어려워졌으나 그는 치유와 봉사, 선교의 길을 멈추지 않았습니다. 몸을 치유하는 일이 아닌, 사회를 치유하는 일을 하기로 했습니다. 미혼모의 자립을 돕고 아이의 건강한 성장을 돕기 위해 '베데스다 여성과 어린이 센터 Bethesda Women & Children Center'를 설립한 것입니다.

이 새로운 일은 이제 한걸음씩 앞으로 나아가고 있습니다. 법인체가 필요하다고 해서 이를 위한 절차를 마쳤고, 건물 지을 땅은 예전에 구입해둔 곳이 있어 그것으로 해결하였습니다. 이제 집을 짓는 일이 남은 상황입니다.

"빌딩을 지을 수는 없고 대나무로 집을 지어야 해요. 저와 모든 것을 함께한 신실한 청년 한 명과 목공일을 잘하시는 어느 전도사님께서 집 짓는 것을 돕기로 자원했습니다. 내 집 짓고 살면서 그 집에 어려운 사람을 한 명씩 들인다고 생각했어요. 사람이 늘어나면 숟가락 하나만 더 놓으면 되고 방이 필요하면 또 하나의 방을 덧붙여 지으면 된다는 마음으로, 이렇게 작게 시작해 볼 예정입니다."

미혼모와 그 아이를 돌보는 일은 척추교정처럼 온몸을 써

ACTS 1:8

야만 할 수 있는 일이 아니니 하나님이 부를 때까지 그 일을 하면서 살아야겠다고 배수진을 쳤습니다.

옳은 길이면 가라, 혼자서라도 가라

신성균 선교사께서 필리핀에 처음 갔을 때 나이는 쉰하나, 첫째 아이는 고등학교 3학년이고 막내인 넷째가 초등학교 2학년이었습니다. 네 아이 모두 부모의 관심과 보살핌이 한창 필요한 시기였으나 마음먹은 나눔의 길을 멈출 수는 없었습니다. 무엇보다 그의 아내에 대한 믿음이 있기에 가능한 일이기도 했습니다.

"저희 집안은 한국전쟁 때 아버지 없이 월남을 했는데 제가 집안의 유일한 남자였습니다. 어머니는 저를 섬겼다고 할 만큼 귀하게 대했습니다. 잘라서 먹다 남은 김치를 먹어 본 적이 없을 정도였습니다. 끼니때마다 땅에 묻어둔 김장독에서 바로 꺼내온 포기김치의 머리 부분을 잘라내고 가운데를 썰어 제게 주셨습니다. 아내는 제주 출신인데, 오빠가 삼대독자인 집안에서 다섯째 딸로 태어났습니다. 원치 않았던 딸이었던 거죠. 자랄 때 보살핌을 받지 못했습니다. 혼자 놀고, 혼자 울고, 지치면 스스로 울음을 그치는 성장기였습니다. 아내가 시집와서 대접 받는 데 익숙한 제 식습관부터 고쳤습니다. 제주 여자가 생활력 강하다는 말이 빈말이 아니었습니다. 제가 선교지로 떠난 후부터는 아버지의 몫까지 더해서 아이들을 기르고 가르쳐야 했습니다. 뿐만 아니라 가정을 위한 경제활동도 해내야 했고 나중에는 필리핀 선교에 필요한 돈까지 보내주었습니다."

온전하게 가정을 홀로 지고 이끈 강한 부인 덕분에 그는 오로지 자신의 소명을 받드는 일에만 매진할 수 있었습니다. 그 긴 세월, 타지에서 마음 흔들리는 날 하루 없었겠냐마는 가족의 든든한 사랑과 믿음 덕분에 더 큰 사랑을 나눌 수 있는 시간이었습니다.

신성균 선교사의 길에 항상 용기가 되었던 분이 있습니다. 치유선교학 분야의 개척자이자 그의 스승인 이명수 박사님입니다. 말이 아닌 눈빛으로 갈 길을 가르치고 믿어 주며 스스로 모범이 되었습니다. 그분의 가르침이 곧 신성균 선교사의 좌우명이 되었습니다.

"옳은 길이면 가라. 혼자라도 가라. 쉬지 말고 가라."

척추 교정을 통한 봉사와 선교의 시간이 다하자 새로운 길을 걷기로 한 것도 스승의 가르침에서 시작된 것입니다.

"이명수 박사님은 이렇게 강조했지요. '육신만 고치는 의

사는 소의小醫, 정신까지 고치면 중의中醫, 영혼까지 고쳐야 대의大醫다'라고요. 돌아가시기 전에는 사람뿐만 아니라 사회와 자연에도 주목하셨어요. 개인의 건강만으로는 온전할 수 없다는 것이지요. 약물 중독이나 폭력, 자살 등 사회의 다양한 병리현상으로 비롯된 문제를 해결하기 위해서는 사회를 고쳐야 하고 남용으로 비롯된 자연의 문제 즉 공기, 물, 땅을 회복하는 일에 앞장서야 한다고 말씀하셨지요. 사회와 자연의 치유 문제에 대한 스승님의 이 말씀을 늘 마음에 담아두고 있었습니다."

여든이 넘는 나이에 새로운 실천과 나눔을 준비하는 신성균 선교사의 마음은 남다릅니다. 아버지를 북에 두고 와 남쪽에서 이산가족의 삶을 홀로 감당하신 어머님의 유골을 화장해서 품에 안고 필리핀으로 다시 돌아갔습니다.

"지난번에 한국에 왔을 때 어머님 산소도 개장을 해서 화장하고 필리핀으로 모셨고 딸들에게도 제가 필리핀에 묻힐 것을 공언하고 약조를 했지요. 내일모레 다시 필리핀으로 떠납니다. 물론 그동안 필리핀에 있으면서도 한국에 많이 오갔고 앞으로도 오게 되겠지요. 하지만 지금까지는 한국에 살면서 필리핀에 갔었던 마음이라면 이번 경우는 필리핀으로 아주

가서 볼일 있으면 한국에 오는 형식으로 바뀌게 된 것이지요."

그동안 한국 사람으로 필리핀을 도왔다면 이제 필리핀 사람으로 한국에 오가겠다는 영구 이주입니다.

"저는 10년 전에 심장 수술을 두 번 했어요. 언제 부르실지 알 수가 없지요. 마흔에는 잠자는 중에 심장마비로 저를 불러 달라고 기도를 드렸습니다. 그 기도 또한 꼭 이루어지리라 믿어요. 이렇게 건강한 듯하지만 오늘 저녁에 부르실지도 몰라요. 그래서 하나씩 하나씩 준비를 했지요. 제가 베데스다 봉사단의 책임을 맡고 있었던 것도 오늘 다른 분에게 물리고 집도 정리하고 다른 것도 다 정리를 했어요. 이제는 깃털처럼 가벼워요. 요즘 필리핀에서는 한국 사람들의 이미지가 좋지 않아요. 뉴스를 보셔서 아시겠지만 몇몇 사람들이 망나니 노릇을 하기 때문이지요. 그래서 그런 이미지를 바꿀 필요도 있습니다. 봉사를 통한 방법은 이미지를 바꾸는 지름길이지요. 오늘 또다시 한 목사님과 약조를 했습니다. 본인도 중증 소아마비 장애를 가지고 있으면서도 늘 타인을 돕는 일에 앞장서는 분입니다. 치유선교학 박사 코스를 제가 가르친 인연으로 만난 분인데 그분께서 제가 죽으면 제 다음을 잇겠다고 하셨어요."

로마 시민권을 가진 유대인으로 그리스도 교도를 잡으러

다녔던 사울이 그리스도의 출현을 경험하고 사도 바오로가 되어 로마까지 지중해를 아우르는 전도 여행을 수행했습니다. 그 위대한 선교사 바오로가 50년경 마케도니아에서 갈라디아인들에게 보낸 편지에 이렇게 쓰여 있습니다.

“복음을 받아들이는 것보다 더 중요한 것은 복음에 따라 생활하는 것이다.”

할머니를 소엽 씨라고 부르게 된 이유는?

소통의 경화를 뚫는 법

마을의 모임에 참석하느라 모티프원을 비운 어느 날 밤, 둘째 딸 주리가 제 자리를 지켜 주었습니다. 다음 날 아침 손님이 체크아웃을 하러 서재로 오셨습니다.

"어젯밤 자리를 비워서 얼굴을 뵙지 못해 죄송합니다."

직접 맞지 못한 것에 대한 송구스러운 마음을 전했습니다.

"한 아가씨가 저희를 잘 맞아 주었습니다. 그리고 '긴 수염 난 아저씨가 밤늦게 오실 것'이라고 말해 주었습니다. 혹 그분이 따님이 아닌지요?"

손님은 저를 보자 어젯밤 제 자리를 지켰던 주리와 저의 관계에 대해 궁금해 했습니다.

“맞습니다. 둘째 딸입니다. 기말시험 중인데 자신을 불렀다고 저를 비방했을지도 모르겠습니다.”

“하하하, 비방까지는 아닙니다. 그저 재미있는 대화를 즐겼습니다.”

“그는 제 딸이자 친구입니다. 저희 둘 사이에는 여러 가지 관계가 존재합니다. 때로는 부녀, 때로는 친구, 때로는 원수, 때로는 동업자, 때로는 사제… .”

손님이 돌아가시고도 그분이 궁금해 했던 그 ‘관계’라는 말이 계속 제 머릿속에 맴돌았습니다.

동행이 늘 기쁨인 분이 계십니다. 서예가인 소엽 신정균 선생님입니다. 선생님은 쉰이 될 때까지 가정에 헌신하는 삶을 살았고 그 이후에는 자신에게 봉사하는 삶을 다짐했습니다. 그래서 스스로 갈망하던 여행을 시작했습니다. 지프차를 구입하고 세상 순례에 나섰습니다. 지프차의 주행거리가 40만 킬로미터를 넘었을 때, 해외로 눈을 돌렸습니다. 프랑스와 알래스카, 인도와 네팔 등 세상 곳곳을 순례하는 지구의 관찰자가 되었습니다. 그 노정에서 골짜기마다 스승이 있으며(到處有師, 도처유사), 들판마다 친구들이 있으며(到處有朋, 도처유붕),

물길마다 즐거움이 있음(到處有樂, 도처유락)을 알았습니다. 이 분과 잠시라도 함께하는 시간을 가진 사람들은 '함께하는 즐거움'과 '나누는 기쁨'과 '열린 마음'의 미덕을 금방 체득하게 됩니다. 칠순이 머지않았지만 여전히 서예라는 예술을 시종 삼아 사람들의 가슴 사이를 누비고 있습니다.

강한 개성의 소유자인 선생님은 평범해지는 것을 거부합니다. 그리고 주위 사람들에게도 끊임없이 자기주도의 삶을 살도록 독려합니다. 선생님의 다섯 살 손자 임보는 할머니를 '소엽 씨'라고 부릅니다. 자유 정신으로 충만한 소엽 선생님은 손자가 말을 막 배우기 시작할 때, 엄마가 '할머니'라고 가르친 호칭을 바꾸어 주었습니다.

"나는 할머니가 아니라 임보의 여자 친구란다. 그러므로 '소엽 씨'라고 불러야 돼."

그 후로 임보는 한번도 할머니를 할머니로 부른 적이 없습니다.

음악가인 임보의 엄마, 아빠가 모두 연주 여행을 떠난 하루, 소엽 선생님은 임보를 보살피기 위해 서울을 다녀와 입에 침이 마르도록 자랑했습니다.

"뽀야(임보의 애칭)가 어른이 되었어요. 제가 유치원에서 뽀

야를 태우고 낯선 길로 잘못 들었다가 겨우 바른 길로 다시 돌아오자 '소엽 씨! 잘했어요'를 몇 번이나 외치며 어찌나 칭찬해 주던지…. 저녁 때 집 주변 산책에서 한적한 길을 걷는 동안 '무섭다'고 하자, '소엽 씨! 걱정 마세요. 제가 있잖아요'라고 격려까지 해주었답니다."

이미 녹이 슬고 이물질의 침착으로 좁아진 한 개의 관으로만 소통할 것을 고집할 필요는 없습니다. 사람과 사람 사이에는 수많은 관이 존재하기 때문입니다. 두 사람 사이에 이미 맺어진 관계에 또 다른 관계의 통로를 전면에 내세우면 서로에게 활력이 되고 인생이 유쾌해질 수 있습니다.

우리가 머무는 공간에 무엇을 담아야 하나요?

수트케이스 하우스의 건축가 개리 창

북경의 부호 장신Zhang Xin은 만리장성이 내다보이는 곳에 빌라 형태의 디자인 호텔 여러 채를 짓는 '코뮌 바이 더 그레이트 월Commune by the Great Wall' 프로젝트를 계획했습니다. 직접 최고의 건축가 열두 명을 선정하고 큰돈을 투자하여 개성 넘치는 열두 개의 빌라를 지었습니다. 그리고 시간이 흘러 이제는 빌라의 수가 마흔두 개로 늘어났습니다.

독특한 건축물들이 모인 그곳에서도 남다른 독창성으로 세계의 주목을 받은 건물이 있습니다. 개리 창Gary Chang이 설계한 수트케이스 하우스Suitcase House입니다. 그는 건축 디자인 회사를 운영하며 복합 영화 상영관, 레스토랑, 상점, 주택, 클럽 하우스, 호텔 등의 건축 설계, 그리고 도시 계획과 제품디자인 등을 하며 다양한 영역에서 활약하고 있습니다. 이와 동시에 대학에서 학생들을 가르치며, 건축 평론을 하고, 책과 잡지에 글을 쓰고 강연을 하는 등 폭넓은 활동을 펼치고 있습니다. 그가 모티프원에 여장을 풀었습니다.

들켜버린 잠행

며칠 전 한 호텔에서 전화를 걸어왔습니다.

"개리 창 씨께서 선생님 댁에 묵고 싶어 하십니다. 4일에 예약이 가능한지요?"

"어떤 공간이 필요하십니까?"

"스위트블랙룸을 원하십니다."

"가능합니다."

"그럼 4일 체크인 시간에 맞추어서 저희 호텔의 차로 선생님 댁으로 모시겠습니다."

"그분에 대한 일반적인 정보를 얻을 수 있는지요?"

"남자분이라는 것 외에는 아는 것이 없습니다."

참 궁금했습니다. 이름으로 보아선 중국계인 듯하지만, 무엇을 하는 분인지, 방문 목적이 무엇인지, 작은 실마리라도 있으면, 그에 맞추어 더 많은 준비를 할 수 있기 때문입니다.

약속한 날 정오가 조금 넘은 시간, 손님의 출발을 알리는 호텔의 전화를 받았습니다. 그리고 다시 30분 뒤 모티프원을 설계한 조민석 건축가로부터 전화를 받았습니다.

"개리 창이라는 분이 예약을 했다지요?"

"지금 오고 계세요."

"그분과 방금 통화를 했습니다. 강의를 위해 한국에 왔다는 이야기는 들었지만, 그분 일정을 알 수가 없었어요. 아시아와 유럽 건축가 20여 명이 각 나라를 돌면서 주기적으로 심포지엄을 여는 모임이 하나 있는데 그곳에서 몇 차례 만나 친구가 되었습니다. 나이는 저보다 두세 살 많고, 능력 있는 건축가이면서 인접 영역에 두루 관심이 많은 재미있는 분입니다. 저는 내일 저녁에 식사를 같이 하기로 했어요. 이번에는 한국의 호텔 다섯 곳을 돌면서 심층 취재를 하고 있는 듯싶습니다."

조민석 건축가의 이 전화 한 통으로 저의 궁금증은 한 번에 해소되었습니다. 적어도 그의 방문 목적이 드러난 만큼 모티프원에서의 잠행은 불가능했습니다.

운전자가 네비게이션을 잘못 입력하고 금촌을 거쳐 오는

통에 예정보다 40분쯤 늦게 도착하였습니다. 동안의 둥근 얼굴을 한 그와 마주하자 우리는 서로 미소부터 날렸습니다.

"조민석 선생님과 통화를 했습니다."

저는 보자마자 고백을 하고 말았습니다.

"아, 저의 방문은 일급비밀인데…."

"어쩌지요, 제 입이 그리 무겁지 않습니다. 아마 당신이 서울로 돌아갈 때면 서울 사람들이 당신의 얼굴을 알아볼지도 몰라요. 제가 당신에 대해 온 나라에 바르집어 낼 것이거든요."

"이런, 얼굴을 가리고 다녀야겠군요."

인사 후 모티프원의 모든 공간을 함께 둘러보았습니다. 그는 이미 공간에 친숙한 느낌이었습니다.

"어제는 인디언 친구가 다녀갔더군요."

며칠간 모티프원의 홈페이지와 블로그를 통해 집에 대한 거의 모든 것을 파악하고 있었습니다.

"제 방도 보여드릴게요."

방에 짐을 풀고는 바로 컴퓨터를 켜고 웹브라우저를 열었습니다. 웹사이트에 연결하자 웹캠을 통해 그의 방을 볼 수 있었습니다.

"누가 들어온 것은 아니겠지요? 오, 다행히 아무도 없군요."

"결혼을 하지 않으신 모양이군요. 하지만 당신 방을 들락거리는 특별한 여자라도 있습니까?"

"그렇지 않아요. 어머니도 제 방의 열쇠를 가지고 계시지 않습니다. 저는 참을성이 부족한 것 같아요. 늘 어떤 여자와 교제를 트긴 합니다만 그것으로 끝입니다."

"늘 새 출발이군요."

"맞아요. 세계 도처에서 새 출발입니다. 유독 유럽에서는 꼭 나이 많은 여자들이 제 앞에 나타나곤 해요. 어머니뻘의…. 모티프원을 조민석 씨가 설계했다는 사실을 어젯밤에 알았습니다. 선생님의 영문 홈페이지를 보다가 깜짝 놀랐지요. 조민석 씨는 오늘 저와 통화하며 제가 모티프원으로 가고 있다는 사실에 놀라더군요. 이런 우연이 있을까요?"

"영문 홈페이지는 불과 사흘 전에 완성했습니다. 당신을 위한 것이 되었군요."

"선생님께 선물을 드리겠습니다. 저의 책 〈집 같은 호텔HOTEL AS HOME〉입니다."

"'여행하는 삶의 기술The Art of Living on the Road'이라는 부제가 더 마음에 듭니다. 사진도 당신이 찍은 것이군요."

"맞아요. 저는 1년에 120일 정도를 세계 도처의 호텔에서 보냅니다. 1년에 삼분의 일을 호텔에서 보내다 보니 호텔이 집

같습니다. 그래서 책 제목을 '집 같은 호텔'로 했습니다. 홍콩의 종합주간지 한 곳에 제가 다닌 호텔 이야기를 매주 연재하고 있습니다. 한국에서 각기 다른 숙소 다섯 곳을 체험하는 것도 그 때문이고요."

이후 개리 창은 저녁을 함께하기로 약속하고, 잠시 자신의 방에 머물다 헤이리를 둘러보러 밖으로 나갔습니다.

건축의 새로운 상상력, 수트케이스 하우스

세계가 개리 창을 주목하게 한 그의 대표작 수트케이스 하우스. 저녁을 먹으면서 개리는 자랑스럽게 그의 컴퓨터 파일을 열었습니다. 그리고 수트케이스 하우스를 완성한 후 자신의 회사 직원들과 휴가차 그곳에 들러 직접 다양한 연출을 하며 촬영한 사진을 보여 주었습니다. 섬세한 성격 그대로 사진을 보며 기능과 구성을 참으로 자세히 이야기해 주었습니다.

이 건물은 주택의 완전히 새로운 문법입니다. 그가 실현한 것은 능히 다른 건축가들을 우울하게 할만 했습니다. 그들이 상상하고 펼쳐 보인 것과는 완전히 다르기 때문입니다.

건물은 축대에 긴 상자를 얹은 것처럼 대지 위에 띄우고 건물 내부에는 발레연습실 같은 마룻바닥만 있습니다. 이 길

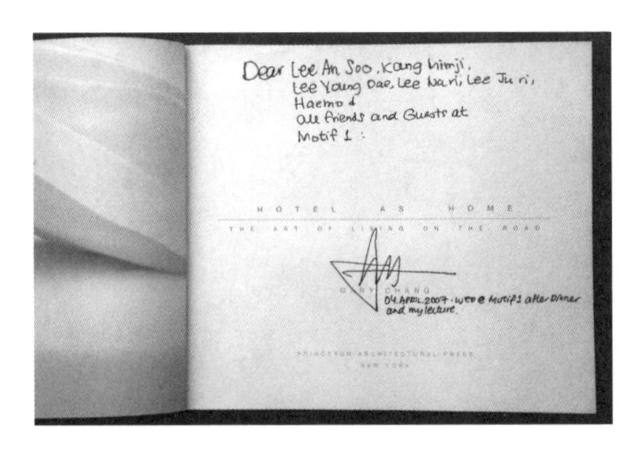
Dear Lee An Soo, Kang Nimji,
Lee Young Dae, Lee Nari, Lee Ju ri,
Haemo &
all friends and Guests at
Motif 1 :
HOTEL AS HOME
THE ART OF LIVING ON THE ROAD
GARY CHANG
04. APRIL. 2007 · WED @ Motif 1 after Dinner
and my lecture.
PRINCETON ARCHITECTURAL PRESS
NEW YORK

고 넓은 바닥에 접혀 있는 폴딩도어를 열면 수많은 조합이 가능하도록 나누어 놓은 공간이 생겨납니다. 사람의 기분과 취향에 따라서, 사람마다 필요한 기능과 용도에 따라서 공간은 매번 새롭게 변신합니다.

주택에 필요한 기능은 마룻바닥 아래, 또 다른 0.5층의 공간에 수용했습니다. 그것은 공기압으로 작동하는 마룻바닥 문의 개폐에 따라 각기 다른 기능과 조형을 보여줍니다.

퍼즐 놀이를 하듯 사용자가 매번 다르게 공간을 창조할 수 있는 건축. 많은 건축가가 소망했지만 불가능했던 그것을, 그는 접이문과 바닥 아래 숨은 0.5층을 창안하여 현실로 만들었습니다.

건축가에게는 새로운 공간 창작의 영감을, 일반인들에게는 공간 활용의 새로운 인식을 유발하는 미덕을 가진 수트케이스 하우스입니다. 이곳에서 보이는 만리장성은 인간의 힘으로 축조된 건축의 경이를, 수트케이스 하우스는 공간의 구성에 대한 상상력의 경이를 함께 보여줍니다.

당신의 발길을 잡는 것은 무엇인가요?

고양이 두 마리의 집사로 사는 작가 부부의 심플한 삶

청소를 하다가 손을 멈추는 때가 있습니다. 죽 한 그릇을 앞에 둔 늦은 식사 중 숟가락을 들다가 머뭇거리는 때가 있습니다. 느리게 목적 없이 걷다가 문득 멈추어 서는 때가 있습니다.

'과연 잘 사는 것은 어떻게 사는 것인가?'

이 의문이 머리에 스칠 때입니다. 여러 가지 답이 있을 수 있지만 정답은 없는 이 의문은 수시로 머리를 스치며 모든 움직임을 멈추게 만듭니다. 답이 어디에 숨겨져 있을까 생각할 때마다 마음에 떠오르는 단어는 하나였습니다. 그것은 'simplicity(간소함, 소박함, 검소함)'입니다.

중년 부부가 오셨습니다. 모자를 쓰고 낡은 가방 하나를 멘 부인, 헐렁한 바지에 아무것도 손에 들지 않은 남편. 과천이 집이라는 이 부부는 하룻밤 바깥 잠에도 불구하고 작은 캐리어 하나 들지 않았습니다.

"어떻게 평일에 나들이가 가능하셨나요?"

"6월 말에 방학을 해서요. 방학을 하자마자 평소에 마음에 담아두었던 모티프원에 와 보고 싶었어요. '오마이뉴스'에서 선생님 글을 읽곤 했거든요."

대학에서 학생들을 가르치며 부인은 시나리오, 남편은 시를 쓴다고 했습니다.

"이렇게 훌쩍 떠나도 될 만큼 집에 두 분 발길을 잡는 것이 없나요?"

"고양이 두 마리가 있을 뿐입니다. 고양이들은 우리 부부를 자신들의 집사로 여기기 때문에 먹이와 물만 미리 준비해 주면 사흘 정도는 집사가 필요 없어요."

커피 한잔과 함께 부인은 서가의 책 몇 권을 탐색하고 남편은 두툼한 잡초 도감 세 권에 온 마음을 뺏기는 밤을 보냈습니다.

다음 날 아침, 길을 나서는 부부를 배웅하기 위해 주차장으로 나왔습니다. 그들을 기다리고 있는 것은 몸집 작은 부부가 올라타는 것만으로도 꽉 차는 작은 차였습니다. 부부의 차가 떠나고도 차가 멀어진 쪽을 바라보며 한동안 멈춰 서서 움직일 수 없었습니다. 끊임없이 소비를 부추기는 사회, 양적 성장에 모든 에너지를 집중하는 일상이 과연 잘 사는 삶인가?

고양이 집사로 사는 부부는 결혼은 택했으나 출산과 육아는 선택하지 않았고, 새것과 큰 것 그리고 화려한 것 대신에 낡은 것, 작은 것 그리고 소박한 것을 선택했습니다. 사실 선택의 모든 권한은 우리 스스로에게 있습니다. 지금의 일상은 그 선택의 결과일 것입니다.

적요한 공간,
순한 눈매의 해모,
두 분의 멋진 운발,
질 좋은 원두.

인상 깊은 1박이었습니다.

_고양이 집사 부부

속삭임의 명함

영어를 배울 때 가장 먼저 배우는 기본 중 하나가 대문자의 사용입니다. 그런데 제 영문 명함은 대문자 사용 규칙에서 벗어난 방법으로 모두 표기하고 있습니다. 모티프원의 영문명은 'motif#1'으로, 제 이름은 'lee, ansoo'로, 주소 속의 나라 이름도 'south korea'로 표기했습니다.

예전에 모티프원을 방문했던 외국의 한 프리랜서 저널리스트에게 명함을 건네자 그분은 왜 명함의 글자가 모두 소문자인지 궁금해 했습니다.

"모두가 목소리를 높이는 시대에 살고 있습니다. 도심의 간판을 보세요. 대부분 화려한 글씨의 큼직한 대문자를 쓰고 있습니다. 도심 나들이에서 빌딩 외관을 뒤덮고 있는 그 간판 글씨만으로 충분히 머리가 아픕니다. 사람과의 대화에서도 마찬가지입니다. 필요 이상으로 목소리가 높습니다. 마치 고함소리처럼. 제 명함이 혹시 상대에게 저를 각인시키기 위한 고함소리로 들릴까 경계했습니다. 꼭 필요한 사람에게 낮은 속삭임으로 저 자신을 말하고 싶었습니다."

그분은 제 얘기를 듣고 고개를 끄덕였습니다.

몇 해가 지난 후 제가 자리를 비운 사이에 그분이 불쑥 모티프원을 방문하셨다가 만나지 못한 아쉬움을 엽서에 담아 명함과 함께 두고 가셨습니다. 이 명함이 모두 소문자로 되어 있다는 것을 며칠 뒤 그분께 메일을 쓰다가 알게 되었습니다.

여행가의 일상은 어떠한가요?

한 몽상가의 마실, 여행작가 박준

한 남자가 몇 년째 모티프원으로 마실을 옵니다. 예고 없는 그의 방문을 받고 보면, 마치 흐린 날 구름 사이로 잠시 햇살을 대면한 것처럼 달뜬 마음이 됩니다. 그는 몇 년 전에 파주의 한 도서관 앞 동네로 이사를 온 몽상가입니다.

그가 모티프원으로 오는 방식은 자전거나 스쿠터입니다. 온몸으로 바람을 안고 달린다는 점에서 자동차와는 다릅니다. 여름에는 더 덥고 겨울에는 더 춥지만 대기와 한 몸이 되었다는 쾌감을 줍니다.

말은 느리고 목소리는 낮습니다.

"여행 계획 있으세요?"

"어디를 가보고 싶으세요?"

"끊임없이 사람을 대하는 일이 힘들지는 않으세요?"

단속적으로 하는 질문들은 세상에서 어떻게 더 높은 경쟁력을 확보할 수 있는가 따위와는 전혀 무관한 궁금증입니다.

"저도 전해 들은 이야기인데, 아르헨티나로 가던 아프리카 어떤 항공사의 비행기가 예고도 없이 토고에 착륙했대요. 승객들은 이틀 동안이나 토고에 발이 묶였고요. 그런데 그 이유가 손님을 더 태우기 위해서래요. 좌석이 찰 때까지 합승 손님을 기다린 것이지요."

이처럼 그가 전해주는 이야기도 몽상과 현실의 중간쯤에 해당하는 이야기입니다. 간혹 손에 뭔가를 들고 오기도 합니다. 예컨대 '집에서 하는 여행'의 몽상을 담은 〈떠나고 싶을 때, 나는 읽는다〉 같은 그의 저작을 들고 오기도 하고, 남아공의 호화 열차 블루트레인을 타고 프리토리아에서 케이프타운까지 달린 증명서, 퀸사이즈 침대와 빅토리아풍 욕조가 있는 로보스 열차를 타고 프리토리아에서 더반 구간을 달린 승차 증명서를 함께 들고 오기도 합니다. 때로는 노트북을 들고 오기도 하지요. 노트북을 펴고 서재에서 두어 시간 뭔가를 적습니다.

하루는 가방에서 보온병을 꺼냈습니다. 두 개의 잔도 함께 꺼내 하나는 제 앞에 또 하나는 맞은편에 놓았습니다. 그리고 천천히 보온병을 열고 커피를 따랐습니다.

"이 커피는 나미비아 스바코프문트의 커피집에서 커피를 마시다가 향이 좋아서 산 예가체프예요. 모카포트로 내렸습니다."

시골 다방의 배달 커피를 마시는 기분이라고 함께 웃었습니다. 아프리카에서 온 예가체프는 모카포트로 추출했음에도 부드럽고 향기로웠습니다.

부산에서 서점을 하는 부부가 헤이리에 온 이유는?

'책과아이들' 강정아 · 김영수 대표

밤이 이슥해진 시간, 자녀 둘과 함께 부인이 서재로 내려오셨습니다. 부인이 서가에서 골라내는 책이 범상치 않았습니다. 아이들은 올라가고 다시 남편이 합류했습니다.

"이 해운대 모습 좀 봐요. 우리 어린 시절 모습이네요."

〈한국의 발견: 부산〉(뿌리깊은나무)에 담긴 오래된 해운대 주변 풍경을 보고 부부가 함께 어릴 적 정서에 공감했습니다.

"두 분께서는 특별히 책을 좋아하시는군요?"

저의 질문에 남편이 답했습니다.

"저는 아니고요, 이 사람은 정말 좋아해요."

제가 그 말을 받았습니다.

"부인은 독서를 좋아하시고 남편은 부인이 책 읽는 모습을 좋아하시는군요?"

남편은 희색으로 공감했습니다. 부인이 남편을 추켜세웠습니다.

"이분은 뚝딱뚝딱 만들기를 잘해요."

"뚝딱뚝딱 만들기보다 정교하고 끝손질이 야무진 작품을 만들겠습니다."

"보통 솜씨가 아니에요. 여기에 있는 이런 긴 막대로 말이나 여치도 만들고요."

두 분과의 유쾌한 대화가 한참이나 더 이어진 후 남편이 고백을 했습니다.

"저희들은 부산에서 서점을 하고 있습니다."

혹시 보수동에서 헌책방을 하고 있나요?

김영수 | "아닙니다. 어린이 서점입니다."

서점으로 더 이상 밥 먹고 살 수 있는 시대가 아니라고 모두들 문을 닫고 있는 시대에 이렇게 서점으로 버틸 수 있다면 돈벌이에 전혀 관심이 없거나 아니면 남들은 모르는 특별한 경영 비법이 있는 것 같습니다.

강정아 | "한 출판사에서 어떻게 서점으로 살아남았는지 책을 내자고도 했는데 책을 쓸 수 없었던 게 계산으로는 수지타산이 나오지 않는 상황이기 때문입니다. 엄마가 어릴 적 제 얘기를 한 적이 있어요. '너는 구슬을 열 개 가지고 나가서 아홉 개를 잃어도 슬퍼하지 않다가 나머지 한 개로 한 개를 따면 두 개를 가지고 뛰어 들어오면서 구슬 땄다고 외치던 아이였다'고 하시더군요."

얼마나 되었나요?

강정아 | "1997년에 문을 열었습니다."

어린이 서점이라면 대상이 어떻게 되나요?

강정아 | "3세부터 중학교 3학년까지가 대상입니다."

부인이 지휘하시고 남편은 심부름하시고요?

김영수 | "맞습니다. 아내가 모두 기획하고 저는 시키는 대로만 하지요."

어떤 내용을 기획하시는지요?

강정아 | "책만 파는 것이 아니라 여러 가지 프로그램을 운영하고 있어요. 3세에서 7세까지는 '그림책교실'을, 초등학교 저학년은 '친구와 함께 책 읽기', 초등학교 고학년은 '친구와 함께 책 읽고 이야기 나누기', 중학생은 '책과 영화 읽기'와 '가족과 함께 인문학을 읽다'와 같은 프로그램을 만들어 그룹 활동을

하고 있습니다."

유료인가요?

강정아 | "유료 프로그램도 있고, 무료 프로그램도 있습니다. 서점 운영 자체는 적자지요. 이런 유료 프로그램으로 그 적자를 보전합니다."

고등학생 프로그램은 없군요?

강정아 | "저희는 논술 지도는 하지 않아요. 간혹 고등학생을 위한 프로그램을 문의하는 분도 있지만 '입시는 우리가 지향하는 바가 아니다'라고 말씀드리지요."

프로그램은 어떻게 진행하나요?

강정아 | "저학년은 책을 읽고 각자의 얘기를 하지만 고학년과 중학생은 꼭 글쓰기로 마무리를 합니다. 하지만 첨삭지도를 하는 것은 아니에요. 감상과 자신의 얘기를 하도록 유도를 하지요."

선생님께서 어린이, 초·중학생들과 이렇듯 바람직한 책 읽기 활동을 함께하고 있지만 고등학생이 되면 결국 다시 입시 공부로 돌아가지 않습니까?

강정아 | "하지만 3년간 중단한다고 해도 어릴 때 훈련했던 독서 습관이 사라지지는 않아요. 대학교에 들어가면 다시 인문학에 관심을 갖고 자신만의 방법을 실행하게 되거든요."

어릴 때 책을 고르고 읽고 쓰는 경험이 없었던 사람이 대학생이 되어서 자기주도 독서 습관을 확립하기는 결코 쉬운 일이 아니지요.

김영수 | "대학교 입학한 뒤에 찾아 오는 학생들도 적지 않아요."

남편이 없는 틈에 시작한 서점

누가 먼저 서점을 하자고 제안했나요?

김영수 | "제가 일본으로 연수를 가 있는 사이에 아내가 시작했어요. 저는 대기업 봉급생활자였거든요."

부인에게 그런 용기가?

강정아 | "상의를 하지 않은 것은 아니에요. 시부모님께서 제가 일하는 것을 반대하셨기 때문에 시부모님께 비밀로 하고 가게를 얻었고 남편에게는 이런 일을 하겠다고 귀띔했지요. 다만 남편의 연수가 8개월 정도였는데 돌아오기 전에 제가 시작을 한 겁니다."

가게를 얻은 겁니까?

강정아 | "동네 골목 안의 13평 가게였어요."

부인께서는 그 전에 독서활동에 대한 특별한 경험이 있으셨던 겁니까?

강정아 | "대학 졸업 후 바로 결혼을 했어요. 아이들을 일찍 키워

두고 사회 활동을 하고 싶었습니다. 하지만 사람이 계획해서 되는 일과 그렇지 않은 일이 있더라고요. 특히 출산은 사람이 계획한다고 되는 일이 아니었어요. 임신을 기다리는 동안 다양한 시민 모임에 참여했지요. 책 사랑 활동이나 마을 연극 같은…. 그 모든 활동이 현재 서점 경영의 바탕이 되었어요."

그럼 남편은 언제 서점에 합류했나요?

김영수 | "서점 문 열고 3년쯤 있다가 합류했습니다."

대기업의 부장이라면 부인이 퇴직하는 것을 말렸을 텐데요.

강정아 | "당시 가족 모두 황선미 작가의 〈마당을 나온 암탉〉을 함께 읽고 각자의 얘기를 했어요. 그때 남편이 스스로를 동화에 나오는 '닭장 속의 암탉' 신세라고 말하는 거예요. 저는 충격을 받았죠. 남편이 '저수지'는 아니라도 적어도 '마당'에 사는 닭 정도는 되는 줄 알았거든요. 그래서 미련 없이 회사를 그만두라고 했어요."

김영수 | "제가 일본으로 연수를 갔을 때 주말에 닛산자동차 과장이 접대한다고 인근 관광지로 저를 데려갔어요. 식사가 끝나고 아주 정색을 하고 제게 말했어요. '김 선생님! 김 선생님은 저처럼 살지 마세요. 저는 출퇴근에 네 시간이 걸린답니다. 출근을 위해서 두 시간을 달려 와야 하기 때문에 새벽에 아이들이 눈을 뜨기 전에 집을 나서요. 늦은 퇴근 후 두 시간을 달

려 집에 들어가면 아이들은 이미 잠들어 있어요. 휴일에 아이가 저를 보면 울어요. 낯선 남자의 품에 오지 않으려고.' 이야기를 마친 과장의 뺨에 두 줄기 눈물이 쫙 타고 흘렀어요. 저는 수원에서 대기업 전자회사에 근무 중이었는데 그룹에서 자동차회사를 만들며 지역 근무 지원을 받았어요. 고향인 부산에서 근무할 수 있다는 생각에 자동차회사로 이적을 신청했지요. 그런데 자동차회사가 오래지 않아 빅딜에 휘말려 어수선했어요. 간부들은 명예퇴직을 종용 받았고, 당시 저도 같은 입장이었죠."

많은 부인들은 그래도 회사에서 잘릴 때까지 젖은 나뭇잎처럼 붙어 있도록 압력을 넣는데요.

강정아 | "사실 당시 목돈이 필요했어요. 일부는 퇴직금을 노린 것이죠."

서방님의 퇴직금을 보태서 얼마나 가게를 더 넓히셨나요?

강정아 | "13평에서 15평으로."

아니, 대기업 부장의 퇴직금이 고작 가게 2평 정도의 금액이라는 말입니까?

김영수 | "그게 전에는 주택가 안에 있는 4층 건물의 4층이었어요. 새로 옮긴 곳은 역세권 건물의 1층이었거든요."

강정아 | "저희 서점에 오시는 분들이 차에 내려서 먼 골목길을

걸어 들어와야 하는 것이 몹시 미안했어요. 그래서 정류장 바로 앞으로 옮긴 거예요."

아이들과 함께 나이 드는 서점

이번 가족들과의 나들이는 휴가입니까?

강정아 | "사실 저희 가족이 이번에 헤이리에 온 목적이 두 가지 있어요. 첫째는 저희 서점 5층에 갤러리가 있는데 동화 원화전시를 하거든요. 이번에는 이광익 작가의 〈쨍아〉 그림을 전시할 예정이에요. 헤이리 작업실에서 작가님을 직접 만나 그림을 받기로 했어요."

나들이의 두 번째 이유는 무엇인가요?

강정아 | "저희들이 나이가 들면 시골로 들어가 한옥을 짓고 서원을 하고 싶다는 생각을 하고 있어요. 찾아오는 사람들을 재워드리고 인문학 위주로 강독하는 형태요. 좀 알아보니 일본에는 이런 모델이 이미 여럿 있고, 한국에는 모티프원이 책을 매개로 사람들과 소통을 하고 강독이 이루어지는 강원 역할을 하고 있더라고요. 답사를 위해 찾은 것이기도 해요."

참 멋진 계획이군요. 선생님 서점에서 책을 읽던 어린이가 성장해서 결혼을 하고 자녀를 둔 어른이 되면 다시 선생님의 산골 서원을 찾을 겁니다. 그때 그들의 아이들은 숲에서 놀고, 선생님의 제자였던 이들은 다시 또 한 번 선생님이 훈장인 서원에서 함께 고전을 읽는 모습이 그려지네요.

항상 남편을 이길 수 있는 그때가 언제부터인가요?

남편을 영원히 이길 수 있는 예의

세 분의 여성이 오셨습니다. 체크아웃 즈음 잠시 말을 섞을 수 있었습니다.

기혼 여성만의 나들이가 쉽지 않은 것은 각자 남편을 두고 나와야 하기에 그렇잖아요? 남편들은 보통 부인의 바깥 잠을 탐탁지 않게 여기고요, 이런 집 밖 잠을 자는 나들이를 위해서 어떻게 남편을 이해시켰나요?

"어느 순간부터 애쓰지 않아도 제가 이기더라고요. 그러니 마음만 먹으면 곧 실행 가능한 때인 것이지요. 이제 설득까지 해야 할 때는 지났어요."

항상 남편을 이길 수 있는 그때가 언제부터인가요?

"저는 마흔 넘어서였는데, 요즘은 여자들이 더 당차서 이 둘은 아직 30대인데도 벌써 제 경지에 올랐어요. 선생님도 지는 삶을 사시지요?"

그럼요. 저는 이기며 산 적이 없어요. 세 분은 어떤 공통된 주제를 공유하시나요?

"저희는 사진 찍는 취미를 가진 사람들이에요."

사진가들이시군요?

"아니에요. 그저 저희들끼리 서로 찍어 주는 정도예요."

좋은 일입니다. 가장 좋은 피사체는 가장 가까이 있는 것이니까요.

"오, 맞아요. 선생님도 사진을 찍으시지요?"

그래서 저는 항상 제 주위에 있는, 미처 치우지 못한 먼지나 쓰다가 실수로 깬 이빨 빠진 컵 따위를 찍곤 해요. 하지만 좋은 피사체가 항상 가까이 있다는 사실은 남편에게는 비밀로 해야 돼요. "피사체는 원경으로 볼 수 있는 것이 좋다. 그러므로 가장 좋은 피사체는 항상 먼 곳에 있다"고 남편을 세뇌해 두어야 이런 나들이가 앞으로도 자유롭지요.

"하하하, 멋진 깨우침이네요."

오늘도 천지에 가득한 봄기운을 즐기시고 늦은 저녁에 귀가하세요.

"아니요. 지금 들어가서 남편의 눈도장을 찍고 다시 나와야지요."
남편의 눈도장에 신경 써야 하는 입지라면 완전히 자유로운 경지는 아닌 것 같은데요?
"앞으로도 계속 이기기 위해 갖춰야 할 최소한의 예의지요."

세계의 여행자들 눈에 비친 한국은 어떤 모습인가요?

길 위에서 친구가 된 사람들

헤이리에 자리 잡은 제니퍼소프트가 프랑스에서 활동하는 작가들을 초청해 전시를 열었습니다. 전시가 끝나고 작가들이 모티프원을 방문했고, 서재에서 우리는 마음을 열고 한담을 즐겼습니다. 그때 친구가 된 니콜라Blum Nicolas에게서 연락이 왔습니다.

"다음 주 헤이리에 다시 갈 예정인데 선생님과 수다를 즐길 시간이 허락될까요?"

약속한 날 오후 니콜라가 모티프원에 왔습니다.

"두 명의 호주 친구와 벨기에 친구가 함께 왔어요. 같이 들어와도 될까요?"

친구들을 집 밖에 세워두고 함께 방문해도 좋을지 물었습니다. 며칠째 폭염이 이어진 날이었습니다. 집으로 들어온 그들의 얼굴은 빨갛게 익어 있었습니다.

"차와 커피 그리고 물이 있습니다. 무엇을 드릴까요?"

서재로 안내하고 의향을 물었습니다.

"물이요."

땀을 흠뻑 흘린 뒤라 갈증이 심해 보였습니다. 물이 담긴 큰 병과 컵을 꺼내 놓자 모두가 두어 컵씩 들이켰습니다.

"지난번 니콜라와 함께할 때 우리는 지리산의 봄 산야초 백 가지의 새순으로 만든 백초차를 마셨지요. 하지만 가장 완벽한 것은 물입니다. 아무리 좋은 차와 커피라고 하더라도 물과 같을 수는 없습니다. 물은 하늘이 만든 것이지요. 마시는 것들 중에서 가장 완전한 것은 물입니다. 인간이 만든 어떤 음료도 마시지 않는다고 죽지는 않지만 물을 마시지 못하면 죽습니다. 중국의 사상가 노자는 세상에서 가장 선한 것은 물이라고 했습니다."

물 한잔으로 막 갈증을 푼 그들은 물에 대한 장황한 제 설명에도 특별히 귀를 기울였습니다.

가장 좋은 여행 계획은 아무것도 계획하지 않는 것

두 달 예정으로 한국에 온 니콜라는 그동안 머물던 지인의 집을 떠나 홍대 인근의 게스트하우스에서 지내고 있다고 했습니다. 함께한 친구들은 그곳에서 만난 친구와 그 친구의 친구들이었습니다. 출신지도 지내는 곳도 모두 달랐지만 누군가가 방문할 좋은 곳을 제안하면 이렇게 함께 방문하기도 합니다.

금방 친구가 되고, 가진 정보를 서로 나누는 이들을 보자 배낭여행객이 되어 세계 뒷골목을 떠돌던 시절이 생각났습니다. 가진 것이 많지 않은 객지의 배낭여행객들은 이렇게 서로 섞여서 가진 정보와 경험을 나누는 것이 필수입니다.

모티프원 방문은 니콜라가 주도했습니다. 호주 시드니에서 온 제라드Gerard Vasta는 한때 축구선수였고 여전히 축구에 관심이 많습니다. 각국을 다니며 경기를 보고 그 경기를 즐기는 관중들을 관찰하는 일을 즐기고 있습니다. 경기의 스타일과 그것을 즐기는 사람들의 양상만으로도 각 나라의 문화 차이와 성격을 읽어낼 수 있습니다. 물론 한국에서도 경기를 보았습니다.

호주 멜버른에서 온 윌Will Neal은 직장을 다니다가 여행에 나섰습니다. 호주에서 가장 예술적인 도시라고 할 수 있는 멜버른의 분위기를 전해 주었습니다. 시드니에서도 예술가가 되고 싶어 하는 많은 사람이 멜버른으로 이주한다고 이야기했습니다. 두 호주 청년이 처음 만난 곳은 한국의 경주입니다. 지금도 계속 서로를 알아가는 사이입니다.

벨기에의 톰Tom Dobbels은 대만, 일본을 거쳐 한국으로 왔습니다. 1년 남짓 여행을 계속하고 있는데 여동생이 출산을 앞두고 있어 그에 맞춰 벨기에로 돌아갈 계획이었습니다.

"여동생이 출산하는데 왜 오빠가 돌아가야 하나요?"

"여동생은 아직 결혼을 하지 않았어요. 남자 친구와는 결혼을 생각 중인데 그래도 중요한 일에 가족이 함께 있어야 하니까요."

낙천적인 성격의 톰은 여행 스타일도 그랬습니다.

"한국은 제게 또 다른 우주입니다. 제가 지금까지 경험한 세계와는 완전히 다른 곳이에요."

동양을 처음 여행하는 그에게 서울은 신세계 같은 곳이었나 봅니다. 그는 매일의 일과를 계획해 두지 않고 여행을 한다고 했습니다.

"내일 무슨 일이 일어날지 오늘 어찌 알겠어요. 저는 그날 그날 제게 일어나는 일을 즐깁니다. 다음 날 한국의 어디를 가야겠다는 구체적인 계획이 없습니다."

저도 톰의 생각에 동의했습니다.

“맞아요. 이렇게 혼자 하는 여행의 경우, 가장 좋은 계획은 아무것도 계획하지 않는 것입니다. 다음 도시를 방문할 계획을 철저하게 준비해 두었는데 오늘 미녀와 사랑에 빠지는 일이 발생한다면 어쩌겠어요?”

니콜라는 항상 두 발에 서로 다른 양말을 착용합니다. 이날 오른발에는 푸른 바탕에 흰색 무늬 양말을, 왼쪽 발에는 빨간 양말을 신었습니다. 저는 그의 짝이 맞지 않는 양말뿐만 아니라 남다른 생각들에 주목합니다.

한국에서의 여행도 관광객이나 보편적인 여행자들이 하는 여행과는 전혀 달랐습니다. 관광지 대신 한국의 전통시장을 경험하고, 미술관 나들이를 하거나 서울 인근의 산에 오르곤 했습니다. 한국 친구들과 어울려서 시장에서 순대를 먹고 곱창을 먹었습니다. 그는 관광객용 한국이 아니라 ‘진짜 한국’을 경험하고 싶어 했습니다. 니콜라에게 그동안 한국에 머문 시간이 어땠는지 물었습니다.

“경험할수록 혼돈스럽다는 생각이 들어요. 정연한 체계가 있기는 한가 싶은 느낌이에요. 10년 뒤에는 한국이 어떤 모습일지 궁금해요.”

이번 전시에서 웹에서 수집한 북한의 사진을 새롭게 배열

하고 가공하는 방식으로 북한의 기묘한 현실을 표현했던 그에게 남한은 또 다른 모습의 북한처럼 '기묘한' 곳일지도 모르겠다는 생각이 들었습니다. 흔히 외국에 살고 있는 교포들은 자신이 살고 있는 곳을 재미없는 천국, 한국을 재미있는 지옥이라고 표현하곤 합니다. 니콜라도 이미 이것을 간파한 듯싶었습니다.

여행자에게 기록은 수행

일행에게 여행을 기록하고 있는지 물었습니다. 제라드는 그날그날 인상적인 일의 주제만 메모하고 여행이 끝나면 그것들을 바탕으로 글을 쓴다고 했습니다. 윌은 빼곡하게 기록한 자신의 여행 노트를 보여 주었습니다. 가능하면 매일 완성도 있는 글을 마무리 짓는다 했습니다. 여행을 좋아하고 장기 여행을 즐기는 톰은 독창적인 프로젝트를 진행했습니다.

"저는 2010년에 친구 다비드David와 함께 남미를 여행하기로 계획하고, '두 벨기에인'이라는 블로그를 개설했어요. 각자 자신의 여행기를 그곳에 함께 포스팅했습니다. 함께 출발했고 같이 이동했지만 나중에는 각자 자신이 원하는 곳을 따로 여행하기 시작했습니다. 같은 지역을 여행할 때는 하나의 대상

It was a pleasure to meet you! Thanks for receiving us and for your energy and inspiration!

Tom

TWOBELGIANS.WORDPRESS.COM

Hi Mister Lee,

It was fun! Thanks for the apples :)

Will (Melbourne)

MR Lee,

What a great afternoon we shared. I heard what you taught about water before but you put it so well -> "Water from heaven [illegible]" I take what you said about the effect of writing to [illegible] and conclude an experience so that it can be examined side by side with other experiences. Let's meet again and talk over some books & water.

GERARD VASTA

에 대한 다른 시각을 볼 수 있었고, 다른 지역을 여행할 때는 내가 여행하지 않은 곳의 새로운 정보도 함께 알 수 있었지요. 지금은 그 프로젝트가 끝나서 계속 업데이트 하진 않지만요."

니콜라는 매일의 느낌을 작품 소재로 모으고 있습니다.

"여행은 기록하지 않으면 관광으로 끝나기 쉽습니다. 수도승들은 면벽좌선面壁坐禪을 통해 수행을 합니다. 하지만 여행자들은 자신의 하루를 기록하는 것이 수행입니다. 즉 기록을 통한 숙려의 과정을 거치면 새로운 지각과 단순한 경험에 가치가 부여됩니다. 그때그때 경중에 관계없이 작은 결론을 내리는 글쓰기를 권합니다. 여행자에게 기록은 수행입니다. 톰도 글을 계속 쓰면 좋겠습니다. 비록 남미나 아시아의 여행이 아니라도 매일의 일상이 여행입니다. 그러니 '두 벨기에인' 블로그에 글을 올리는 것도 중단 없이 계속할 수 있습니다."

어렵게 방문한 그들이 서울로 돌아가기 전에 헤이리에서 다른 경험을 할 수 있도록 여름날 오후의 한담을 끝냈습니다. 해가 많이 기울었지만 바깥은 아직 땡볕이었습니다.

"길을 걷기에는 더운 날씨네요."

저의 작별 인사말을 톰이 받았습니다.

"하지만 비가 오지 않으니 얼마나 다행이에요."

톰의 그 자세가 좋았습니다.

"맞아요. 인생의 모든 순간을 긍정하고 즐기세요. 그리고 자신에게 다가오는 하늘과 땅 사이의 모든 것을 사랑하세요. 세상은 즐기는 자와 사랑하는 자의 것입니다. 그것이 이 세상의 주인이 되는 방법이니까요."

길 위에서 만나는 사람들

일본 출장을 준비하던 중 여권 사본을 보내달라는 요청을 받았습니다. 여권을 스캔하면서 각국의 비자와 출입국 도장으로 채워진 '사증' 부분이 22쪽에 달한다는 것을 알았습니다. 세계를 방랑한 흔적이지요. 여권을 새로 발급 받고 만 2년 사이에 유럽 10여 개 나라, 아프리카 10여 개 나라, 러시아와 몽골, 태국, 인도네시아, 일본 등 기타 대륙의 10여 개 나라, 총 30여 개 나라를 다녔습니다.

돌이켜보면 유일하게 시툿해지지 않는 것이 여행이었습니다. 아마 그것은 길 위에서 만나는 '순수' 때문인 것 같습니다. 길 위에서는 언제나 솔직해질 수 있었고, 이해관계를 따지지 않아도 되었습니다. 직위와 직책, 부자와 빈자의 구분도 필요치 않았고, 학벌은 장식도 되지 못하며 그저 자신을 보살피고 남을 도울 만큼의 지식이면 충분했습니다. 누구나 자기 것을 나누어 주려 했고, 설령 그것을 되갚으려고 하면 "나 아닌 다른 사람에게 갚아라!" 말했습니다.

제가 늘 짐 꾸리는 것을 기꺼워하는 것은 길 위에서 만나는, 희디흰 그 사람들의 가슴 속 순수 때문입니다.

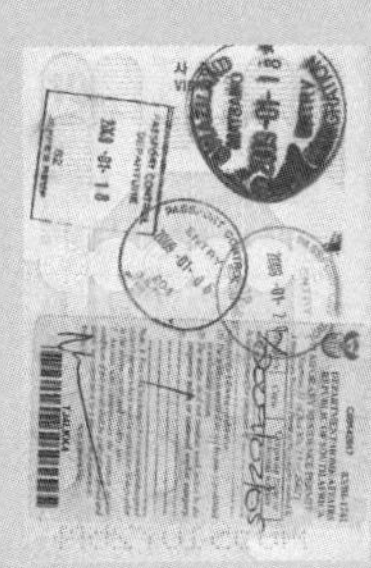

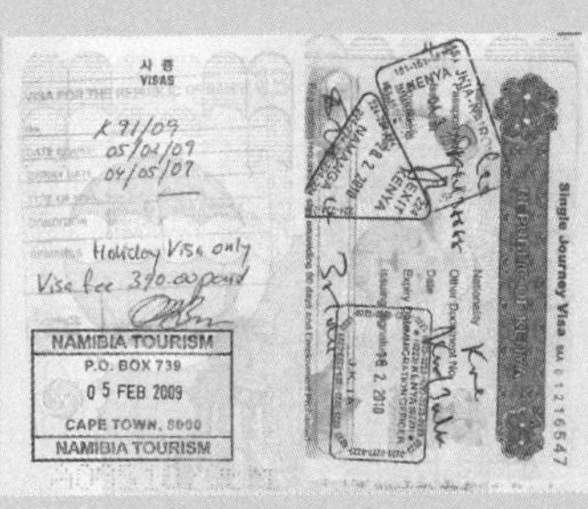

오늘 당신은 어떤 인사를 나누었나요?

설곡산 다일공동체에서의 하룻밤

지난 겨울, 다일공동체의 설곡산 갈보리 예배당에 들어가게 된 것을 감사하는 자리에 참석했습니다. 가평군 설악면의 외진 산중에 자리 잡은 자연치유센터와 예배당의 모습은 놀라웠습니다.

대처의 일상에서 소진한 정신과 육체의 치유와 회복을 위해 자연친화적인 장소에 마련한 자연치유센터는 이미 오랫동안 믿음을 공고히 하고 마음을 다스리는 곳으로 사용하고 있습니다. 예배당은 3년 전에 완공한 뒤 다른 교회에서 활용하다가 이번에 비로소 다일공동체에서 들어가 예배를 드릴 수 있는 상황이 되었습니다.

1988년에 설립된 다일공동체는 최일도 목사님이 도시빈민 구제 사역으로 시작했습니다. 굶주린 이들을 위해 무료 급식소 '밥퍼'를 운영하며 철저하게 섬기고 나누는 삶을 실천해 왔습니다.

이제는 한국뿐만 아니라 중국, 미주, 베트남, 캄보디아, 필리핀, 네팔 등 제3세계의 빈민 현장에서 사랑과 나눔의 사역을 함께 펼치고 있습니다. 1988년 청량리역 광장에서 라면을 끓이면서 시작한 일이 오병이어五餠二魚의 기적을 일으킨 것입니다.

다일공동체가 생각하는 사랑은 '가난한 이에게 먹을 것을 주기 위해 자신이 굶는 것이고, 환자들을 걱정하는 나머지 밤중에 잠자리에서 일어나는 것이며, 무시를 당할 때 오히려 웃음으로 관심을 보여 주는 것이며, 자기를 제일 심하게 박해한 사람에게 먼저 인사하는 것'입니다.

당신의 얼굴을 보니 밥맛이 납니다

제가 1박 2일에 걸쳐 설곡산 다일공동체를 방문한 것은 지난 여름 모티프원에 두 번 오셨던 최일도 목사님과의 만남에서 느낀 깊은 울림의 근원을 확인하기 위한 것이기도 했습니다. 화해와 일치, 나눔과 섬김의 일상이 치유와 회복이 되고 자유와 기쁨의 바탕이 되는 모습의 시원을 거닐어 보고 싶었던 것이지요.

자연치유센터에서 밤을 보내고 아침 밥상을 받았습니다. 수저를 들기 전에 앞에 놓인 기도문을 읽었습니다.

"한 방울의 물에도 천지의 은혜가 스며 있고 한 톨의 곡식에도 만인의 땀이 담겨 있습니다. 이 땅에 밥으로 오셔서 우리의 밥이 되어 우리를 살리신 예수 그리스도를 본받아 우리도 이 밥 먹고 밥이 되어 다양성 안에서 일치를 추구하는 삶을 살겠습니다. 밥상을 베푸신 하나님의 은혜에 감사드리며 맑은 마음, 밝은 얼굴, 바른 믿음, 바른 삶으로 이웃을 살리는 삶이기를 다짐하며 감사히 진지를 들겠습니다. 예수님의 이름으로 기도합니다, 아멘."

입당 예배 시간이 되자 최일도 목사님께서는 예배당을 세우는 동안의 사연을 소개했습니다. 모든 것은 십시일반의 결과였으나 그 누구도 자신의 이름이 호명되기를 바라지 않았습니다. 가장 큰 돈을 헌금하신 분은 아예 그 자리에 모습을 보이지도 않았습니다. 나눔이 어떤 것인지, 섬김이 어떤 모습이어야 하는지 보여주는 아름다운 풍경이었습니다.

함께한 분들과 인사를 나누는 시간이 이어졌습니다. 밥퍼에서 매일 나누는 다섯 가지 인사라고 했습니다.

"당신의 얼굴을 보니 밥맛이 납니다.
그 말씀 들으니 살맛 나네요.
느낌이 참 좋습니다.
당신이 제 곁에 계셔서 행복합니다.
하시는 일마다 잘 되길 바랍니다."

모티프원에서 이미 대면하여 낯이 익은 한 분께 금방 배운 인사를 건넸습니다.

"선생님, 당신이 제 곁에 계셔서 행복합니다!"

이런 대답이 돌아왔습니다.

"덤님이라고 불러주시면 감사하겠습니다. 어릴 적 죽을 뻔 하여 덤으로 사는 인생, 하나님 기쁘시게, 이웃을 행복하게, 세상을 아름답게 하며 살자고 지은 별칭입니다. 저도 촌장님 얼굴을 뵐 때마다 밥맛 살맛 납니다."

저는 즉시 바로잡은 인사를 다시 건넸습니다.

"덤님, 멋진 철학과 실천 감사합니다. 느낌이 참 좋습니다!"

구원은 어떻게 이루어질 수 있나요?

자유로운 신학적 예술가, 현경

솔직하고 당당하며, 용기 있고 사려 깊으며, 부드럽고 진보적인 여성을 만났습니다. 그는 뉴욕 유니온 신학교Union Theological Seminary in the City of New York의 종신교수이며 세계평화위원회 자문위원이고 평화통일운동단체 조각보의 공동대표를 맡고 있습니다. 신학을 퍼포먼스와 제의로 표현하며 '신학적 예술가'로 불리는 현경(정현경) 교수님입니다. '살림이스트'를 자처하는 에코페미니스트이며 해방신학자이자 환경과 평화운동가이기도 합니다.

강연을 마친 현경 교수님과 인근 식당에서 저녁을 함께하며 대화를 나누었습니다. 대면한 지 몇 시간 만에 겉과 속, 어느 하나 매력적이지 않은 곳이 없는 그에게 사로잡히고 말았습니다.

버킷 리스트bucket list가 있나요?

"열 가지 정도가 있습니다. 첫째는 우주인과 연애를 해 보는 것. 둘째는 통일된 나라를 만들어서 서울에서 파리까지 애인과 함께 기차여행 하는 것. 셋째는 DMZ를 생태공원으로 만드는 것. 넷째는 80세 생일에 60세 연하와 탱고를 마스터 수준으로 추는 것. 춤 중에서 나이 많은 여자가 추었을 때 가장 아름다운 춤이 탱고라고 해요. 그다음부터는 수위가 좀 높은 내용이라 술이 어느 정도 취한 다음에 계속할 수 있어요."

서울이 편해요, 아니면 뉴욕이 편해요?

"이제는 뉴욕에 가면 뉴욕이 편하고 서울에 오면 서울이 편해요. 주소가 문제가 아니라 내 마음속의 평화로움이 문제니까요. 어딜 가나 그렇죠."

그 전에는 갈등도 있었나요?

"양쪽이 다 불편했지요."

서울에서는 왜 불편했고 뉴욕에서는 왜 불편했나요?

"서울에서는 너무 간섭을 많이 해서 불편했고 뉴욕은 너무 외로워서 불편했는데, 이제는 서울은 따뜻해서 좋고 뉴욕은 자유로워서 좋아요. 제가 변했어요."

서울에서의 간섭이나 뉴욕의 외로움은 극복했나요?

"뉴욕은 여전히 외롭지만 외로워야 좋지요."

서울에서의 불편함은?

"이제는 하나도 불편하지 않은 게, 사람들은 나를 오해할 권리가 있고 나는 해명할 의무가 없다는 거예요. 모두 각자의 생각이 있고 다 자유가 있잖아요."

원효대사께서 해골물을 마시고 분별심을 버려서 얻었던 그런 깨우침 같아요. 모든 것은 마음에서 이루어진다는 깨우침을 언제 얻게 되셨나요?

"히말라야에서 보낸 1년이 그런 시간이었습니다."

그때가 몇 살쯤이었나요?

"마흔넷 때였어요."

어느 정도 익어야 깨우치나 보군요?

"그렇지는 않지요. 예수는 30대에 깨우쳤잖아요."

20대는 아니잖아요?

"그렇네요. 20대는 좀 어렵겠죠."

참 풋풋해 보이세요.

"사람들이 그래요. 나이보다 젊어 보인다고."

비법이 있나요?

"철이 없어서 그런가 봐요."

많은 남자들이 선생님께 이런 찬사를 바치지 않나요?

"그렇지만은 않고요. 제가 변했나 봐요. 처음 페미니스트로 여성신학을 연구할 때는 남자들이 저를 미워하곤 했는데 요즘은 세계 곳곳에서 강연을 하잖아요, 강연이 끝나면 프러포즈하는 사람이 더 많아요. 저를 미워하는 사람보다는."

그렇다면 80세 생일에 60세 연하의 파트너를 구하시는 데는 전혀 문제가 없을 것 같군요?

"하하하!"

현경 선생님께 하나님은 어떤 분인가요?

"신학을 공부하고, 여러 스승님을 만나고, 나름대로 수양을 하면서 하나 분명해진 것은 하나님이 두려움의 하나님이 아니라 사랑의 하나님이라는 것입니다. 일부 보수 기독교에서 말하는 '이거 하지 마라. 저거 하지 마라' 하는 것은 너무 쪼쫀한 하나님이에요. 하나님은 그런 찌질이가 아니에요. 그래서 저는 아우구스티누스께서 하신 말씀을 참 좋아해요. '하나님을 사랑하라. 그리고 네 멋대로 하라.'"

그 멋대로는 사랑 안에 있는 '멋대로'군요.

"부처님 손바닥 안의 손오공이지요."

선생님의 전위적 퍼포먼스나 표현들은 모두 그 사랑 안에 있는 것이군요. 그리고 선생님을 무당이나 마녀로 비난하는 일부 사람들은 결국 그 넓은 사랑을 제대로 못 보는 분들이고요.

"그분들은 제가 규율에서 너무 벗어나니까 그런 말을 하시는 것 같은데 아인슈타인이 대단히 중요한 말을 했어요. '질문을 만들어낸 사고방식으로는 그 질문의 답을 찾을 수 없다.' 종교도 종교적인 질문을 만들어낸 그 사고방식으로는 절대로 대답을 얻을 수 없어요. 그것을 넘어서야 답을 얻지요."

선생님이 이미 질문자의 사고를 벗어나 있음을 그분들은 모르는 것이군요?

"하지만 전 그분들을 이해해요. 그분들의 두려움을요. 예전에는 토론도 많이 하고 싸우기도 많이 하고 했는데 그것들이 아무 소용이 없다는 것을 알았어요."

그럼 지금은 그분들을 대할 때 설득으로 대합니까, 아니면 무관심으로 대합니까?

"설득도 하지 않습니다. 다만 어떤 방식으로든 그 안에서 당신께서 평화와 행복을 얻을 수 있으면 그것으로 족합니다."

구원은 어떻게 이루어질 수 있나요?

"기독교 복음서 중에서 좋아하는 게 영지주의 복음서인데 그 중에 도마복음서가 있어요. 그곳에 이런 말이 나와요. 예수님께 '구원이 무엇입니까?'라고 물으니 이렇게 답하세요. '네 안에 있는 그것을 꺼낼 수 있다면 그것이 바로 너를 구원할 것이다. 그러나 네가 네 안에 있는 그것을 꺼내지 못한다면 그렇지 못할 것이다.' 그러니까 각자 자신 속에 있는 그 불꽃을 꺼내는 거예요. 이것은 우리가 지금까지 배워왔던 전통적인 구원관과 많이 다른데 제게는 그 말씀이 너무 설득력 있게 와 닿는 거예요."

그런데 도마복음서는 성경인지 의심이 되었지만 성경이 아닌 것으로 밝혀진 책을 의미하는 외경이잖아요.

"그런데 생각해보세요. 이 세상에 못 볼 게 뭐가 있고 두려워할 게 뭐가 있을까요?"

그런데 그것을 막으려고 하는 것은 왜일까요?

"두려우니까요."

그 두려움은 어디에서 비롯된 것일까요?

"두려움은 우리의 아주 오래된 기억이에요. 고대부터 짐승에게 쫓기고 화산에 쫓기던, 삶에 대한 두려움인데요, 제가 성경에서 제일 좋아하는 말이 로마서에 있는 '그 어느 것도 하나님의 사랑으로부터 우리들을 끊어버릴 수 없다'는 것입니다. 죽을지라도, 환난과 박해 속에서도, 곤고와 기근 속에서도, 그것을 정말 믿으면 두려워할 게 없지요. 이슬람에서는 우리의 삶이 여름 낮 들판 위에 벼락 치는 시간처럼 짧다고 말해요. 이 짧은 시간을 살면서 정말 중요한 것은 내가 이 세상에 온 이유, 그 존재 이유를 발견하는 거예요. 그렇게 생각하면 집착하고 괴로워할 이유가 별로 없지요. 짧은 인생에서 여러 가지를 할 필요 없이 꼭 해야 할 일을 하나라도 이루면 되니까요."

〈장자〉에 이런 말이 있죠. '와우각상지쟁蝸牛角上之爭'이라고, 우리의 삶이 한낱 '달팽이 더듬이 위에서의 싸움'에 불과하다는 의미이지요. '들판 위에 벼락 치는 시간'이나 '달팽이 더듬이 위에서 다투는 시간'이나 유한한 삶이 덧없다는 인식은 동일하군요.

"그렇지요. 정말이지 너무 짧은 시간이라는 게 점점 더 느껴져요."

여자에게 우정이란 어떤 의미인가요?

착한 언니, 편안한 동생

모티프원에서 여자들만의 여행은 흔한 일입니다. 중 · 고등학교나 대학교의 동창, 또는 직장 동료인 경우가 대부분입니다. 하지만 예외인 관계도 있습니다.

같은 학교를 다닌 적도 없고, 같은 직장에 다니지도 않았습니다. 하지만 5년째 가장 친한 언니와 동생의 관계를 지속하고 있는 두 분이 모티프원을 찾았습니다. 둘 다 불어를 전공했고 5년 전 프랑스 시골마을로 짧은 어학연수를 갔다가 그곳에서 우연히 만난 사이입니다. 한국으로 귀국한 후 각자의 학교로 돌아갔고, 졸업 뒤 한 명은 기업 인력관리 컨설팅을, 다른 한 명은 뮤지컬 마케팅을 하며 전혀 다른 길을 걷고 있습니다. 그럼에도 불구하고 지금까지 변함없는 것은 서로를 향한 두터운 마음입니다.

체크인 첫날은 헤이리를 둘러보는 대신 모티프원에서 얼굴을 마주하고 수다를 즐기는 것으로 대부분의 시간을 보냈습니다. 저녁에는 와인을 마시며 모티프원의 풀 냄새 나는 공기를 늦게까지 함께 호흡했습니다.

단 한 살의 차이에도 불구하고 언니, 동생의 관계가 분명했습니다. 동생은 집안에 언니가 없었는데 언니가 생겨서 부러울 것이 없다 했고 언니는 동생에 대한 자신의 역할을 부족함 없이 해냈습니다. 아래 위층을 오르내리며 먹거리를 차리고, 다음 날 그것을 치우는 일까지 동생보다 키가 훨씬 작은 언니가 다 해냈습니다. 누가 보아도 격의 없는 편안한 자매 사이였습니다.

여자들끼리의 우정에 의문을 갖는 이들도 있습니다. 학창시절 즐거움과 고민을 함께 나누던 우정이 남자 친구가 생기고 나면 조금 소홀해지고, 결혼을 하고 나면 더욱 소원해진다는 것입니다. 하지만 저는 우정이 '사랑'이나 '모정'과는 전혀 다른 속성을 지니고 있으므로 남자 친구와 사랑이 싹트는 시기나 자녀에게 시간을 써야 하는 기간에 친구에게 시간을 할애하지 않는 것을 집어내어 여자의 우정을 폄하할 수 없다고 생각합니다.

모든 관계를 의리의 잣대로 보는 남자의 속성과 세심한 배려를 미덕으로 여기는 여자의 성향이 우정에도 다르게 나타나기 마련입니다. 그러므로 여자들이 남자를 사랑하듯 동성 친구에게도 열정을 보여야 한다고 말할 수는 없습니다.

여자들의 우정은 화롯불처럼 은근하고 오래간다는 사실을 나이 든 분들을 통해 확인합니다. 모티프원에는 40대 후반과 50대 여자 친구끼리 모여 나들이 온 분들이 많습니다. 육아에서 어느 정도 자유로워진 주부들은 화롯불 재 아래에 감추어둔 우정의 불씨가 건재함을 그때 꺼내어 보여줍니다.

절망의 순간도 가치가 있나요?

예약 인원은 둘, 투숙 인원은 하나

훤칠한 키에 시원스러운 모습, 그러나 목소리는 낮고 느렸습니다.

"혼자 오셨습니까?"

두 사람으로 예약했던 터라 그에게 인원수를 확인했습니다.

"아마, 혼자일 거예요."

동행인의 합류 여지를 완전히 배제하지는 않았습니다. 방으로 들어간 그는 체크아웃까지 출입이 없었습니다.

"결국, 혼자였군요."

"네, 그래서 다행이었어요."

누구나 조금씩은 절망을 숨기고 살아가지요. 저는 그것을 완전히 발라내기보다 품고 가는 것이 더 현명하다는 것을 알았습니다. 갖은 애를 써서 완전히 발라냈다고 여긴 순간 다시 또 다른 절망이 자라더군요. 어느 정도의 절망을 속에 품고 가자고 생각을 바꾸니 오히려 그것이 면역기능을 했습니다. 얼마간의 절망은 더 큰 절망이 발을 붙이지 못하도록 해주는 백신입니다.

혼자만의 시간도 치유의 힘이 있다고 믿습니다. 혼자 있던 그는 방명록에 글을 남겼습니다. 내용으로 보아 체크인 시점이었습니다. 홀로 자기 자신과 마주한 하룻밤을 통해 '이유 없이 눈물이 나는' 그 마음이 얼마나 진정되었는지는 알 수 없지만, 다만 '다행이었다'는 대답에 희망을 걸어봅니다.

쉼 없이 달려오다가 벽을 만나서 갈 곳을 잃어버린 기분에 방황이 시작됐습니다. 진짜 지금 내가 하는 일이 맞는지, 다른 길을 갈 수는 없는 건지.
그 누구도 믿지 못하는 지금, 길을 찾고자 이곳에 도착해 혼자만의 생각을 시작합니다. 그냥 툭 건들기만 해도 아무 이유 없이 눈물이 나는 지금, 이 마음만 진정이 되길 바랄뿐입니다. 방황 끝엔 결국 현실로 돌아가 출근하겠지만, 이유도 모른 채 울고 싶진 않네요.
이유를 찾아갈 수 있길.

나눔은 어떻게 시작하나요?

10년간의 책 기부, 윤성중 문고

10년 전 윤성중, 천선숙 부부와 초등학생 아들 윤석진 가족을 처음 만났습니다. 모티프원에 오면 남편은 서재를 둘러보며 책을 뽑아 읽었고, 밝은 성격의 부인은 제 아내와 대화를 즐겼습니다. 아들은 스포츠와 동물을 좋아하는 저희 막내아들과 마음이 잘 맞았습니다.

모티프원의 손님으로 대면했던 첫 만남 이후 지난 10년간 윤성중 선생님과 오랫동안 말을 섞어 본 적은 없지만 어쩐지 속에 든 이야기를 모두 나누어 가진 것처럼 느낍니다. 제 아내와 천선숙 선생님과의 관계가 그렇고, 막내아들 영대와

석진이의 관계가 또한 그렇습니다. 이런 가족과 가족 사이의 이심전심 관계는 순전히 윤성중 선생님의 책 선물에 담긴 순수한 마음에서 비롯되었습니다.

첫 방문 뒤 윤 선생님은 우리 식구들의 사정에 맞춰 책을 몇 권씩 골라 보냈습니다. 때로는 사람이 못 가니 대신 책을 게스트로 보낸다며 숙박비 만큼의 책을 사서 보내기도 했습니다. 책과 함께 전해지는 윤 선생님의 편지에는 책을 선택한 이유가 뭉근히 담겨 있습니다.

수십 차례 한 상자씩 보내온 책과 편지만으로도 윤 선생님이 세상을 대하는 기준과 사유의 질서를 읽을 수 있어, 다른 사람도 건강한 가치를 나누어 가질 수 있도록 책상 하나에 책과 편지를 모아 두고 '윤성중 문고'라고 이름 붙였습니다.

새 책을 몇 권씩 묶음으로 보내는 일은 경제적으로도 부담을 감수하는 일이므로 윤 선생님으로부터 책을 받는 횟수가 늘어갈수록 제 마음 빚도 점점 늘어가는 것 또한 사실입니다. 그러던 중 다시 책을 받았습니다. 봄 소식보다 앞서 온 책 꾸러미를 풀면서도 윤 선생님의 부담에 자꾸 마음이 쓰였습니다. 그러나 이내 책갈피에 꽂힌 윤 선생님의 편지를 읽으면서 이런 저의 속마음을 들켜버린 부끄러움으로 얼굴이 화끈거렸습니다.

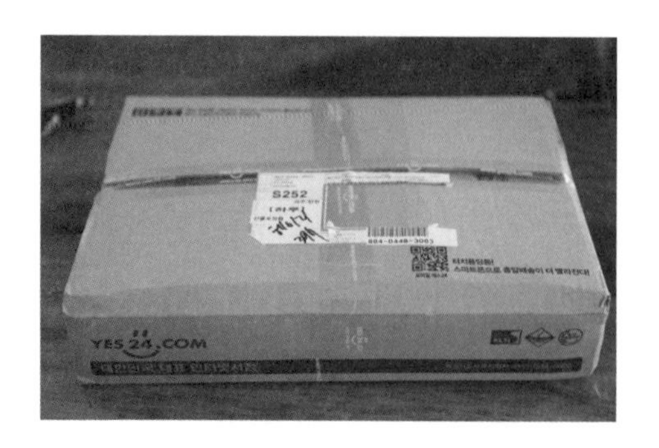
S252
YES24.COM

PROTEST!

The Reader Bernhard Schlink
공간에게 말을 걸다

대전의 윤성중입니다. 새해가 밝았습니다. 19년 전 처음으로 돈을 벌며 매년 기부 기관을 늘려가자는 약속을 스스로 하였습니다. 당시엔 이런 생각이었죠.

'정기후원 한 달 회비는 1만 원. 1년에 12만 원이면 되는구나. 연봉은 그 이상 오르니 가능하겠다!'

그렇게 시작해 올해 스무 번째 후원회원 가입 예정입니다. 모티프원은 어느 해인가 저 스스로 회원으로 가입하였고 그런 이유로 책을 꾸준히 보냈습니다. 기부는 불쌍한 사람에게 하는 적선이 아니라 누군가를 변화시키는 행위에 참여하는 것이기에, 모티프원에 책을 보내는 행위는 제 약속의 조건을 충분히 충족합니다.

어쩌면 선생님께서는 이미 아시고 문고를 만들어 주신 게 아닌가 싶습니다. 다만 정년퇴직 후에는 하나씩 후원 기관을 줄이게 될지도 모르겠습니다. 모티프원이 그 마지막이길 바랍니다.

사람을 긍정적으로 변하게 할 수 있는 책의 힘은 콘텐츠 자체에만 있는 것이 아니라 책을 선택하는 사람의 행위에서 시작될 수도 있다는 것을 윤 선생님의 한결같은 10년의 실천을 통해 깨닫습니다.

모티프원이 여행자들에게 잠자리를 제공하는 게스트하우스의 기본 기능을 넘어, 사람들에게 더 높은 가치를 지향하도록 하는 '글로벌 인생학교'라는 강원의 역할을 자임하는 것도 바로 윤 선생님의 이런 채찍질에 빚지고 있습니다. 더불어 지음지우知音之友의 환희는 윤 선생님과 저만 누리는 커다란 기쁨입니다.

경청과 공감, 그리고 맞장구

정보의 양은 하릴없이 많아졌고, 정보에 접근하는 방법도 편리해지고 빨라졌습니다. 문제의 해법을 제시하는 분야도 세분화되었으며 전문가를 자처하는 분도 많아졌습니다. 하지만 왜 더 많은 근심과 걱정에 사로잡혀 밤늦게까지 잠들지 못할까요. 왜 불안과 초조로 새벽에 눈뜨는 것이 두려워졌을까요. 왜 우울과 슬픔은 대낮에도 커지는 것일까요.

더 큰 문제는 이런 마음의 문제를 경험하는 연령대가 점점 낮아지고 있다는 사실입니다. 과도한 경쟁과 스트레스에서 벗어나라며 '힐링'을 말하는 이들이 많아졌지만 경쟁에서 베인 상처를 아물게 하거나 스트레스로 생기는 공허함을 채워주지 못하고 있습니다. 이는 모티프원을 방문하는 분들과 마주 앉았을 때 제가 자주 듣는 탄식과 자책입니다.

그분들께 제가 할 수 있는 최선의 처방은 '경청'입니다. 저는 그분들의 이야기에 양쪽 귀를 쫑긋 세워 집중하고 마음으로 공감하며 맞장구를 칩니다. 다음 날 아침, 그분들은 곧 끊어져 버릴 것 같았던 자신의 팽팽했던 마음이 이완되었음을 고백하고 고마움을 표시합니다. 제가 한 일이라곤 열심히 그들의 말에 귀 기울인 것밖에 없습니다. 그리고 간혹 고개를 끄덕이고 추임새를 넣은 것뿐입니다. 근심, 걱정, 불안, 초조, 우울, 슬픔, 긴장, 교만, 시기, 탐욕, 패역, 나태, 충동 등 사람의 마음을 힘들게 하는 것들이 경청만으로 달라질 수 있음을 확인합니다. 가족과 사회의 구성 단위인 개인이 건강해지면 가족과 사회의 다양한 병리 현상도 절로 줄어들 것입니다.

경청이 판소리를 가능하게 하는 고수의 북소리라면 공감과 맞장구는 추임새입니다. 경청과 공감, 그리고 맞장구는 박수를 치고 싶지만 손바닥이 하나밖에 없는 사람에게 또 다른 손바닥이 되어 주는 것입니다.

part3.

일희일비하지 않는 변방의 삶

삶의
앵글을
바꾸기로
했습니다

서재를 나섰습니다. 아침볕을 받은 은사시나무 우듬지 나뭇잎이 물고기 비늘처럼 반짝입니다. 집을 짓던 해, 정원 모서리에 회양목을 심었습니다. 다음 해 회양목 위로 몸을 쑥 내민 나무가 있습니다. 그 나무는 이제 2층 지붕보다 훨씬 높게 자라서 헤이리를 내려다보고 있습니다. 햇살을 머금고 팔랑팔랑 흔들리는 나뭇잎은 혼절할 만큼 아름답습니다. 은빛 유혹에 빠졌다가 정신을 차리며 문득 제가 헤이리에 머문 시간을 깨닫습니다. 존재조차 몰랐던, 심은 적도 없는 나무가 이렇게 몸집을 키울 만큼의 시간입니다.

40여 년간 사진을 찍었습니다. 카메라가 제게 알려준 것은 같은 피사체라도 앵글에 따라 전혀 다른 모습을 보여준다는 것입니다. 앵글을 낮출 때와 높일 때, 앞면을 찍을 때와 뒷면을 찍을 때, 바라보는 위치와 방향에 따라 과연 같은 피사체인가를 의심할 만큼 전혀 다른 결과가 나타납니다. 삶의 앵글을 바꾸기로 결심했습니다. 전반기의 25년, 회사라는 조직의 구성원으로 살아온 도시의 삶을 마감하고 계획된 업무가 기다리지 않는 자유를 살아보기로 작정한 것입니다.

그 자유가 여행으로 채워지길 원했습니다. 하지만 은퇴가 그런 자유를 보장하는 것은 아니었습니다. 오히려 더 절실한 현실의 문제들이 발목을 잡았습니다. 여전히 자식이며 남편이며 아비였습니다. 혼자라면 불가능했을 가장의 짐을 나누어 진 사람이 아내였습니다. 얼마 전 오래된 아내의 편지를 서가의 책갈피에서 찾았습니다.

생일을 맞은 사랑하는 안수 씨.

우리가 만난 지도 벌써 25년이 지났습니다. 철없는 나를 만나 많은 것을 가르쳐 주었고 많은 사랑을 주었지요. 칭찬과 격려와 사랑으로 감싸주었으니 나는 얼마나 행복한 사람이었나, 항상 고맙게 생각하고 있어요. 당신과 몇 개월간 독서에 집중하면서 많은 성찰이

있었고 당신으로 인해, 또한 책으로 인해 아름답게 늙어가는 스스로를
발견합니다. 헤이리를 향한 이상과 꿈도 이제 현실이 되어가고
있어요. 집이 만들어지고 있으니…. 시간이 지날수록 당신의 완전한
꿈이 이루어지고 있다는 것을 더욱 확신하고 있습니다. 나리와 주리도
시간 낭비 없이 자신에게 충실하고 있으며 영대도 잘 자라 주니,
우리 부부 더 이상 무엇을 바라겠습니까. 당신을 만났기에 이 모든
행복을 느낄 수 있어 항상 감사드립니다.
사랑합니다.
당신의 영원한 애인.

제 생일에 아내가 쓴 편지입니다. 날짜가 적혀 있지 않지만 내용으로 보아 2005년으로 짐작합니다. 그렇다면 아내는 현실의 문제로 아주 힘겹고 경황없는 나날이었을 것입니다. 건축비를 마련하기 위해 동분서주했고, 왕복 세 시간이 넘는 먼 길을 오가며 출퇴근을 했습니다. 손바닥만 한 메모지에 흘려 쓴 것으로 보아 이 역시 퇴근길 차 안에서 급히 쓴 것임을 짐작할 수 있습니다. 아내는 근심 대신 행복과 감사로 편지를 채웠습니다. 팍팍한 현실을 극복하기 위해서는 긍정과 확신의 요법밖에 별 도리가 없었을 것입니다.

2014년 베니스비엔날레 황금사자상을 수상한 건축가 조

민석의 개인전 〈매스스터디스 건축하기 전/후〉 관람을 위해 2014년 말 아내와 함께 삼성미술관 플라토에 방문했습니다. 이 전시는 모티프원을 설계한 조민석 건축가의 12년간의 작업을 도면과 드로잉, 모형 등으로 선보였습니다. 전시장에는 우리 가족의 일상도 사진과 동영상으로 소개되었습니다. 전시장을 찾은 아내는 입구에서 발길을 멈추고 한참 건물을 올려다보았습니다. 보험회사 사옥으로 쓰던 그곳을 이전에도 찾은 적이 있습니다. 모티프원 건축비 때문에 우리 노후의 유일한 안전망이라고 여겼던 생명보험을 해약하기 위해서였습니다. 발길을 멈춘 곳은 9년 전 그날, 해지증서 봉투를 들고 나오던 아내가 참았던 눈물을 훔치던 곳이었습니다.

꿈을 이루어 줄 건축가는 누구인가?

이른 은퇴를 결심한 후 후반기 삶을 어디에서 이어갈 것인가 번민했지만 쉽게 결론을 낼 수 없었습니다. 40년 넘게 살아온 이 땅에서 생을 마치는 것에도 회의를 가졌습니다. 지구 어딘가 한국과는 다른 유토피아가 존재할 거라는 막연한 기대를 버릴 수 없었기 때문입니다. 불확실한 기대에 답을 구하는 가장 확실한 방법은 원하는 곳에서 직접 살아보는 것이라 생각했습니다. 마흔여섯의 나이에 유학생이 되어 미국으로 향했습니다. 재학 중 대학의 긴 방학을 이용해 북미를 유랑했습니다. 미국과 캐나다를 배낭 하나로 헤맨 2003년 여름의 유랑은 샹그릴라를 찾기 위한 일종의 탐사였습니다. 정주와 탐사를 통해 내린 결론은 지상 어디에도 매일 같이 평화롭고 영원히 행복한 유토피아는 없다는 확신이었습니다. 샹그릴라는 티베트어로 '마음속의 해와 달'입니다. 티베트인들은 유토피아가 마음속에만 존재한다는 것을 이미 알았던 것입니다.

귀국 후, 망설이지 않고 헤이리에 집을 짓기로 결정했습니다. 모티프원을 세계 사람들의 가슴 속을 항해하는 항구로 삼기로 정했습니다. 세상을 항해하다가 격랑에 지치면 누구나 바람이 잦아들 때까지 안전하게 대피할 수 있는 모두의 피항지로 만들겠다는 계획이었습니다.

이제 건축을 하는 일이 남았습니다. 첫 난관은 헤이리의 엄격한 건축 기준을 충족하고 저의 구상을 실현하면서도 빠듯한 예산을 극복하는 지혜를 발휘할 건축가를 찾는 일이었습니다. 수십 명에 달하는 헤이리 예술마을 프로젝트 참여 건축가 명단 중에서 젊고 실험적이며 한국에서의 건축 경험이 제일 적은 사람 순서로 접촉하자 생각했습니다. 이미 대가의 칭호를 얻은 분들이 갖는 경직성과 타협을 용납하지 않는 아

사진 | 건축사진가 김용관

집, 자신의 색깔이라는 이유로 비슷한 스타일을 반복하는 일은 피하고 싶었기 때문입니다.

연세대학교 건축공학과를 졸업하고, 뉴욕의 컬럼비아대학 건축대학원에서 수학했으며, 네덜란드 OMA의 렘 콜하스 Rem Koolhaas와의 실무, 뉴욕에서 제임스 슬레이드James Slade와 조슬레이드아키텍처를 설립하고 운영한 경험을 가지고 막 한국에 돌아온, 그 당시의 조민석 건축가가 바로 제가 생각한 적임자였습니다.

먼저 우리 가족의 성장 배경과 성향, 그리고 가족이 집에 기대하는 바와 제가 공간에서 이루고자 하는 후반기 삶의 내용을 수십 장의 문서로 만들었습니다. 드로잉 능력이 부족한 지라 구체적인 구상을 전달하기 위해 사진을 첨부했습니다. 미국과 캐나다를 비롯한 세계 각국을 다니며 직접 찍은 수만 장의 사진 중에서 가려낸 것으로 최고급 저택의 이미지도 들어 있었습니다. 그리고 한편으로는 건축에 넉넉한 비용을 할애할 형편이 아니라고 강조했습니다.

모순 가득한 건축 설계안을 들고 사무실로 찾아가면서 저와 아내는 다음에는 어떤 건축가를 찾아가야 할지 고민했습니다. 제가 건축가라도 반려할 만큼 상반되고 까다로운 요구라는 사실을 알고 있었습니다. 매스스터디스의 회의실에서 조민석 대표에게 사무실 식구들을 소개 받고 설계안을 전한 후 프레젠테이션 화면을 띄웠습니다. 짧지 않은 시간 저와 제 가족의 삶과 생각을 회의실 사람들에게 전했습니다.

"대단한 도전이 될 것 같습니다."

터무니없는 요구로 채워진 프레젠테이션이 끝나자 의외의 답변이 돌아왔습니다. 그리고 저희 부부는 다른 건축가의 사무실을 기웃댈 필요가 없었습니다.

첫 미팅 후 1년이 넘는 시간 동안 이메일을 주고받으며 서로 새로운 의견을 제안하고 회의를 하고 의견을 조율하면서 모티프원의 설계도를 완성하였습니다. 직관과 영감이 뛰어난 건축가를 만난 것은 큰 행운이었습니다.

언플러그드

짧은 유학을 작파하고 돌아와 가장 먼저 한 일은 신문을 끊고 텔레비전의 플러그를 뽑은 것입니다. 텔레비전 시청 시간을 늘리는 구실은 무한정 많습니다. 중독성은 신문도 마찬가지입니다. 뉴스 분석도 재미있고, 오피니언 리더의 칼럼도 참 예리합니다. 어찌나 박식한지 글을 읽는 것만으로도 누구나 지식인인 양

행세할 수 있을 듯합니다. 또한 요일별 섹션은 기막힌 안배입니다. 신문은 손에서 놓기에는 너무나 재미있고 유익합니다. 서서히 의문이 들었습니다. '실업자가 이 유익한 정보들을 모두 섭취해서 어디에다 쓸 수 있지?', '외조를 위해 설거지하고 밥하면서 기자 시절의 매체 모니터 습관을 유지할 필요가 있을까?'

텔레비전의 플러그를 뽑기로 결심했습니다. 인내가 필요한 몇 달이 지나자, 신문의 중독에서 차차 벗어날 수 있었습니다. 텔레비전과 이별한 후 앞에 있는 사람들의 표정을 알 수 있게 되었고, 신문과 단절하고 나서 서가 위의 책과 훨씬 더 친해질 수 있었습니다.

도시를 떠나 헤이리로 이사했을 때, 언플러그드 습관은 더욱 유효했습니다. 정원이 말을 걸어 왔고, 저녁의 어둠이 다가오는 모습과 어둠이 주는 안정에 매료되었습니다. 무엇보다도 잃었던 사색이 되돌아왔습니다. 사색은 내면의 소리가 만들어지는 곳이며 지혜가 움트는 곳이라는 사실도 깨달았습니다. 계절의 아우성이 고스란히 들렸습니다. 작살나무가 초록색 새순을 내고 있고, 2층 난간에서는 멧비둘기가 두 개의 알을 품고 있습니다. 비둘기의 표정을 살피노라면 딱새 한 쌍이 스치듯 다가와 작살나무 새순을 건드립니다. 바람이 가지를 흔들고 딱새는 가지 위에서 춤을 춥니다. 눈앞, 이 생명 있는

것들의 찬란함이라니.

해가 바뀔수록 몸도 마음도 더 건강한 사람으로 변하는 것을 느낄 수 있었습니다. 사물을 인식하는 감각이 확장되고 본질에 대한 궁금증은 더 늘어났습니다. 네온사인의 휘황찬란함보다 어둠에 익숙해지고, 주의와 주장으로 뒤덮인 신문 기사의 이전투구에서 초연하며, 텔레비전의 고함 지르기나 세뇌에서 외따로 떨어져 나올 수만 있다면 누구나, 어느 정도는 시인과 철학자의 경지에 도달할 수 있다는 확신이 들었습니다.

모티프원을 운영하며 신문을 비치하지 않고 텔레비전을 들이지 않는 것은 타협할 수 없는 고집이었습니다. 집에 들어오자마자 텔레비전을 켜는 것이 습관이 된 사람들이 텔레비전 없는 곳에서의 시간을 어떻게 견딜까, 염려가 없었던 것은 아닙니다. 하지만 결과는 "텔레비전이 없어서 무료했다"는 것이 아니라 "텔레비전이 없는 시간들에 감사하다"는 인사가 압도적이었습니다. "두통이 가셨다", "가족과 비로소 가슴 속 얘기를 할 수 있었다", "책을 읽기 시작했다", "음악이 비소로 내 곁으로 왔다" 뿐만 아니라 집에서 텔레비전을 없애겠다는 사람과 적어도 거실에서 다용도 방으로 텔레비전을 옮기겠다는 사람도 적지 않았습니다.

탄자니아에 갔을 때 커피 농장을 방문한 적이 있습니다. 주변은 모두 민둥산뿐이었는데 그 플랜테이션 농장만은 큰 활엽수가 커피 밭 곳곳에 그늘을 드리울 정도로 무성하게 자랐습니다. 열대성식물인 커피나무가 햇볕을 마냥 좋아할거라 여겼던 선입관은 옳지 않았습니다. 오히려 직사광선을 가려주어야 한다고 합니다. 그래서 일정한 간격으로 그림자를 만들어 줄 큰 나무를 먼저 심어 키운 다음 커피나무를 심습니다.

사람도 이 커피나무와 크게 다르지 않다고 생각합니다. 열대의 직사광선처럼 자극적인 매체와 환경에 끊임없이 노출되면 감성과 감각이 퇴보합니다. 큰 활엽수 그늘 아래 커피콩이 천천히 그러나 실하게 여물듯 사람도 주변의 소란에서 떨어져 사유할 때 더 깊어질 수 있습니다. 누구나 모든 관계를 단절하고 스스로를 반추하는 그늘 아래의 시간이 한번씩 필요합니다.

헤이리와 헤이리 사람들

10년 전 어느 여름밤, 옆집 정원에서 열린 작은 파티에 함께하면서 주인장에게 서울을 등질 결심을 하게 된 계기를 물었습니다.

"넘어지지 않기 위해 계속 페달을 밟아야 하는 다람쥐 쳇바퀴 같은 삶에서 벗어나고 싶었습니다."

최근 헤이리로 이사 온 이웃에게도 같은 질문을 했습니다.

"처음 기차가 상용화되었을 때 사람들은 기차를 외면했다더군요. 기차의 속도가 풍경과 사람, 사람과 사람 사이의 대화를 단절시킨다고 생각했다는 거예요. 최초의 증기기관차는 시속 5마일 정도로 달렸으나 그때의 사람들은 마차의 속도를 넘어서는 빠르기에 적응하기 어려웠던 것이죠. 제게 도시도 그런 곳이었어요."

이처럼 도시를 떠난 사람들이 헤이리에 모여들기 시작한 지도 어느새 18년이 지났습니다. 그동안 헤이리에 둥지를 튼 사람들은 이곳을 '예술마을'로 만들기 위해 다양한 활동을 함께 했습니다. 사람들이 이 모험적이고도 고단한 일에 동참한 이유는 단절을 극복하고 내면에 잠재된 본래의 가치대로 살아가고픈 갈망 때문입니다. 헤이리는 특별한 이상을 같이 하는 사람들이 만든 공동체입니다. 그 이상은 바로 예술입니다. 늘 창작과 전시가 있는 마을을 지향했고, 주거를 함께하면서 좋은 이웃으로 관계 맺고 새로운 담론을 생성하길 원했습니다. 그 '특별한 이상'을 함께한다는 이유만으로 성장 배경과 사회 활동 영역이 다른 사람들이 서로 이웃이 되었습니다.

창작에서 무엇보다 중요한 것은 송곳같이 뾰족한 개성입니다. 송곳은 하나만으로도 주머니를 삐져나오기 충분합니다. 헤이리는 400개가 넘는 송곳이 하나의 주머니를 채운 모습 같습니다. 그래서 어떤 사안에 대해 합의를 도출하기가 쉽지 않습니다. 우리는 누군가 일방적으로 주도하는 마을이기보다 자신의 색깔을 존중받길 원합니다. 개인의 자유의지가 보장되고 함께하는 담론들이 각자의 창작 영역을 확장시키는 것이어야 합니다. 주머니 속을 삐져나온 장점이 숭상되어야 합니다. 획일적인 것이 배척당하는 헤이리는 주민 각자의 이력과 개성이 곧 콘텐츠가 되는 마을입니다.

처음 예술과 문화로 특화된 마을 만들기의 논의가 시작된 것은 1995년입니다. 백일몽처럼 막연하던 논의는 사람들이 모이고 각 개인들이 쏟아 놓은 생각과 구상들이 더해져 점점 더 구체화되었고, 1998년 2월 창립총회를 개최하면서 형체를 갖게 되었습니다.

15만 평의 대지 위에 자리 잡은 이 마을은 지역의 전래농요인 '헤이리소리'의 후렴구에서 따와 '헤이리'라는 이름을 붙였습니다. 어떻게 자연을 최소한으로 변형하면서 회원들이 각자의 구체적인 구상을 실현할 수 있는 건축을 할지 마스터플랜을 세웠습니다. 전문가들의 연구를 통해 환경 친화적이고 생태적인 그린네트워크가 형성되도록 했습니다. 우리나라 최초의 원형지 개발 방식입니다. 개발 범위 안의 모든 나무를 베고, 언덕을 허물고, 개울과 수택을 메워 평지를 만든 다음 건물을 앉히는 경제적인 방법 대신 지형지세에 순응하는 집을 짓는 자연과의 공존을 바탕으로 삼았습니다. 마을 전체가 유기적으로 연결되고 소통되는 시스템에 자연을 소중히 받드는 마음. 그것은 헤이리의 출발점에서부터 헤이리 회원들은 물론 관계한 건축가와 엔지니어들이 공유한 정신이었습니다.

스스로 설정한 이상적인 가치를 구현하기 위한 규칙을 만드는 일과 그 규칙에 맞춰 사는 일이 전혀 별개의 문제라는 사실을 주민들은 매일 실감합니다. 녹지의 공유와 생태축 단절을 방지하기 위해 담을 만들지 못하도록 규정을 세웠는데, 이는 엄격한 자기 관리가 필요한 일입니다. 사방이 개방된 상태에서는 쓰레기를 정원에 두는 것이나 세탁물을 내거는 문제도 이웃에 영향을 줄 수 있는 일이며 헤이리 방문객 모두에게도 노출될 수 있어 마을 전체의 품위와도 연결이 됩니다.

누구나 문화와 예술의 효용을 말하지만 그것만으로 지속 가능한 마을을 꾸리기에는 여전히 버거운 현실입니다. 많은

헤이리 예술마을

사람들은 문화와 예술의 향유를 위해 돈을 지불하기보다 국가가 제공해야 되는 것으로 여깁니다. 헤이리 마을은 각 개인이 재정을 부담하여 건설했으며 각 문화공간 운영도 개인의 무한책임으로 운영하고 있습니다. 회원들은 자신의 땅 중 절반을 반납해 공원, 도로 등 공유지를 만들어 기부채납 했습니다. 헤이리 사람들은 그것에 헌신하기로 작정했다는 이유로 경제적 어려움까지 감내하고 있는 분들이 적지 않습니다.

휴먼북의 스투디올로

몇 해 전 파주 북소리 행사장에 들렀다가 영국의 책마을 세드버그에서 온 책부스에서 〈Books〉라는 책을 발견했습니다. 1981년 영국과 미국에서 동시 발간된 이 책은 책을 좋아하는 사람들이 좋아할 만한 정보를 빼곡히 담고 있습니다. 책의 역사와 예술로서의 책, 책의 권력과 영광, 불명예, 책의 창조자와 책의 친구 그리고 책들의 적까지…. 그 책 속에서 저와 비슷한 사람을 발견했습니다. 바로 에라스무스입니다.

> "약간의 돈이 생기면 나는 책을 산다. 그러고도 남는 것이 있으면 음식과 옷을 산다."

모티프원을 설계하면서 서재를 정원과 맞닿는 곳에 배치했습니다. 고개를 숙이면 책 속의 선인을 만나고 고개를 들면 자연과 대면하겠다는 욕심의 구현이었습니다. 수십 년 저와 동락했던 1만 권이 넘는 책을 수용할 수 있어야 했습니다. 잣나무 서가를 사방으로 돌리고서야 비로소 책 대부분을 수납할 수 있었습니다.

서재에 앉아 서가를 응시하면 책들이 모두 자신의 얘기를 하는 웅변가처럼 보입니다. 그중 한 권을 뽑아 읽습니다. 독서는 그 웅변가와의 대화이거나 토론입니다. 처음 계획은 서재를 저만의 집필실로 삼는 것이었습니다. 하지만 모티프원을 방문했던 사람들은 너나없이 서재를 궁금해했고 그 안에 머무는 시간을 사랑했습니다. 생각을 바꾸어 모두의 서재로 만들었습니다.

모든 사람의 서재가 되니 처음 했던 책 분류는 뒤죽박죽이 되었지만 그 또한 나쁘지 않았습니다. 원하는 책을 찾기 위해 서가의 책들을 따라 나서는 것 또한 여행이 됩니다. 서재를 개방하니 예상 못했던 신비한 일도 벌어졌습니다. 책이 점점 늘어났습니다. 글을 쓰는 분은 자신의 책을 가지고 와서 서재에 두고 갔고, 편집자가 올 때는 그 출판사의 책 몇 권을 챙겨 왔습니다. 서재에 두면 좋을 신간을 1년에 몇 차례 보내주시는 분도 있습니다. 화가가 오면 스케치를 남겼습니다. 마침내 르네상스 시대의 사람들이 사랑한 미술관 같기도 한 서재, '스투디올로studiolo'가 완성되었습니다. 저는 그들처럼 이 스투디올로에서 방문객과 더불어 예술과 철학뿐만 아니라 삶의 갖은 애락을 나누었습니다. 밤을 지새우는 대화로 절망이 희망으로 바뀌기도 하고 혼돈이 질서로 바뀌기도 합니다. 이렇듯 각자의 삶에 대한 고백은 서로에게 또 다른 책, '휴먼북'이 됩니다.

헤이리에서의 시간이 독서의 개념을 확장시켜 주었습니다. 활자를 읽는 것만이 아니라 사람들에게 귀 기울이는 일, 자연을 눈여겨 살피는 일도 책의 원전을 읽는 것과 다름없다는 사실입니다. 진실을 판별하는 능력만 있다면 마주하는 어떤 사람이나 자연도 한 권의 책이며, 그 책은 주로 시각과 두뇌를 사용해 읽는 활자 책과는 달리 오감을 동원한 독서 행위가 가능하므로 훨씬 흥미롭고 독서 효과도 높을 뿐만 아니라 잔향도 오래 남습니다. 단지 편집자에 의한 검증 과정을 거치지 않았기 때문에 스스로 그 과정을 수행하는 수고를 더할 필요가 있습니다.

활자 책과 달리 휴먼북을 읽는 행위에는 특별한 예절이 필요합니다. 그것은 호기심으로 반짝이는 눈을 상대의 눈에 조준하고, 귓바퀴를 가장 크게 세운 다음, 무릎을 바싹 당겨 상

사진 | 문성용

대에게 다가앉는 습관입니다. 스투디올로에서의 휴먼북 독서는 계속되고 있습니다. 저마다 각별하고 진솔한 사람들의 삶을 읽습니다. 그러므로 모티프원은 'B&BBed & Breakfast'가 아니라 'B&TBed & Talk'입니다. 식사 대신 대화가 중심에 있습니다.

신출귀몰과 독심술

오래전 일본 사가현에 방문한 적이 있습니다. 온천이 발달해 료칸마다 노천탕이 딸려 있습니다. 1980년대 중반 버블경제 시대에 많은 기업들이 온천 주변에 사원용 휴양시설을 지었습니다. 거품이 꺼진 뒤 이 과도한 시설들은 그대로 방치되었습니다.

제가 묵었던 곳은 사원용 휴양시설을 료칸으로 리모델링한 곳이었습니다. 객실은 열다섯 개 정도였지만 작은 갤러리와 야외 공연장과 천문대 시설까지 갖춘 제법 큰 규모였습니다. 도착하자 한 중년 남자가 리셉션 데스크에서 예약을 확인하고 일본인 특유의 친절로 맞아 주었습니다. 저녁에 식당에서 앞치마를 두르고 열심히 서빙을 하고 있는 사람이 있었는데 같은 분이었습니다. 초저녁 일행과 정종 한 병을 주문했습니다. 다용도실에 무릎을 꿇고 술상을 차리는 이도 그분이었습니다. 이슥한 밤에 옥상의 천문대로 갔습니다. 별자리를 설명하고 천체망원경의 사용법을 안내하는 사람 또한 그분이었습니다. 다음 날 이른 아침 정원에서 만났을 때 그는 화단 정돈 중이었습니다. 아침상을 받으며 다시 그분을 뵈었고 체크아웃을 하면서 그분의 감사 인사를 받았습니다.

"선생님은 혹시… 귀신인가요?"

느닷없는 질문에 그분이 고개를 갸우뚱했습니다.

"제가 필요로 하는 모든 곳에 선생님이 계셔서요. 자유롭게 나타났다 사라졌다 할 수 있는 능력을 가진 것은 귀신밖에 없잖아요?"

마침내 제 말의 의도를 짐작하고 그분은 엷은 미소를 지었습니다. 그곳은 요리사와 청소원까지 단 세 명이 료칸을 운영하고 있었습니다.

신출귀몰의 재주를 발휘해야 하는 것은 모티프원에서의 제 처지도 마찬가지입니다. 홍보, 예약, 청소, 영접, 상담, 통역, 환송, 웹사이트와 SNS 소통, 시설 유지보수, 회계와 세무, 체험교육, 강의와 집필. 마을의 일을 제외해도 저의 출몰을 기다리는 일이 적지 않습니다. 누구보다도 제 현실을 잘 아는 아내는 "당신이 하는 일을 다른 사람에게 의탁한다면 각 분야의 전문가 열 명 정도는 필요하겠다"고 말합니다. 여전히 서울로 출퇴근하는 고단한 일상을 감당하고 있음에도 불구하고 일을 돕지 못한다는 사실로 미안해하는 아내의 속마음을 감안할 필요는 있습니다. 직원을 구하라는 제안도 하지만 사실 상근 인력을 둘 만한 규모도, 매일 같이 꾸준한 일도 아닙니다. 직접 노동하는 과정을 수양으로 여길 따름입니다.

모티프원에서의 노동이 신출귀몰이어야 한다는 사실은 명징하나 출과 몰의 순간이 뒤바뀌는 것은 재앙입니다. 모티프원을 찾는 분의 걸음이 혼자만의 침잠을 위한 나들이라면 있는 듯 없는 듯 움직이는 '몰沒'이 배려이고, 소통을 통한 정화의 나들이라면 만남의 순간을 늘리는 '출出'이 환대입니다. 핵심은 상대의 입장과 욕구를 읽어내는 독심술입니다.

제 삶의 준거가 되는 사람은 바로 스콧 니어링Scott Nearing입니다. 자연, 책, 예술에 관심을 가졌고 아동 문제와 반전운동에 앞장섰던 분입니다. 그의 전반기 삶이 사회 시스템을 향한 치열한 투쟁의 장이었다면 후반기 삶은 자연 속에서 자급자족하고 사유하며 조화를 추구하는 삶이었습니다.

'그날그날 자연과 사람 사이의 가치 있는 만남을 이루어 가고, 노동으로 생계를 세울 것, 원초적이고 우주적인 힘에 대한 이해를 넓힐 것. 계속해서 배우고 익혀 점차 통일되고 원만하

며 균형 잡힌 인격체를 완성할 것….'

〈스콧 니어링 자서전〉, 실천문학사

그분의 좌우명을 떠올리면 모티프원에서의 노동은 쾌락이 됩니다. 그렇게 모티프원에서 수많은 사람들을 만나고 노동하며 저와 가족의 삶도 조금씩 달라졌습니다.

홀로 떠난 아내의 여행

최근 아내는 생애 처음으로 홀로 나라 밖을 나가는 여행을 떠났습니다. 여행이라기보다 유학 중인 딸을 방문한 셈이지만 우리 부부에게는 생각의 전환점이었습니다. 아내는 자신의 욕구보다 가족의 가치실현이 늘 먼저였고 그래서 아직도 직장에 몸이 매인 노동자입니다. 방랑벽을 잠재우지 못해 제가 이곳저곳 나라 밖을 기웃댈 때도 변함없이 가정을 사수한 사람이 아내였습니다. 그런 아내에게 미안한 마음이 없지 않았던 제가 남발한 말이 있습니다.

"힘들고 위험한 것은 내가 먼저 하리다. 배낭과 히치하이크로 세계를 꼼꼼하게 살피고 당신은 나중에 안전하고 편한 크루즈 여행으로 모시겠소."

아내는 긍정도 부정도 하지 않았지만 저의 방랑을 막은 일은 없었습니다. 언제나 약속을 속이는 것은 말이 아니라 삶입니다. 수십 년간 미안함을 면피하기 위해 반복한 언약은 지금까지도 실현하지 못했습니다. 예순이 된 올해 결심했습니다.

"나와 함께하는 크루즈 여행은 아직도 개선되지 않은 우리의 형편으로 보아 여전히 첩첩한 산 너머에 있네요. 이제부터 당신만이라도 형편이 되면 혼자 떠나요."

이렇게 말을 바꾸게 된 것은 나이가 들면서 약속을 지킬 기회가 사라지고 있다는 초조함뿐만 아니라 '사랑은 내가 아니라, 상대가 원하는 맞춤 사랑이어야 한다'는 인식의 전환 때문입니다.

아름다운 프랑스를 여행하며 아내는 한번씩 사진과 함께 안부를 전해왔습니다.

"너무 좋아 눈이 아파도 감을 수가 없네요. 시선 닿는 모든 곳이 디자인이고 작품입니다."

아내는 앞으로 홀로 떠나는 것이 두려운 게 아니라 떠나지 못하는 처지를 걱정하게 될 것 같습니다.

딸과의 게으른 여행을 방해하지 않기 위해 저는 보내오는 아내의 단문 소식만 받을 뿐 일체 어떤 질문도 하지 않았습니

다. 그렇게 2주가 지난 뒤 아내는 프랑스 여행을 무사히 마치고 돌아왔습니다. 저는 금촌의 공항버스 정류소까지 마중 나가는 것으로 그리웠다는 말을 대신했습니다. 그리고 한국 음식이 간절했을 아내를 위해 귀갓길에 국숫집을 들렀습니다.

우버 택시가 얼마나 편리하고 기사들이 얼마나 친절한지, 에어비앤비의 숙소가 얼마나 멋있는지, 파리의 소매치기가 얼마나 악명 높은지, 철도 파업으로 버스를 타고 파리에 되돌아오느라 남부에서 계획한 일정을 포기하고 하루 앞당겨 와야 했던 게 얼마나 아쉬운지, 딸이 살고 있는 방이 옛날 부잣집 4층 건물의 지붕 바로 아래 하녀 방이라 얼마나 좁은지 등등 프랑스에서의 일을 모두 얘기하려면 그곳에 머문 14일보다 긴 시간이 필요할 듯싶었습니다.

집에 도착해 아내가 가방을 풀어 정리했습니다. 가방 속에서 나온 것은 저를 위해 샀다는 책 두 권, 방문지의 지도와 입장권 몇 장, 박물관 가이드북과 프로방스 지방의 엽서 세 장이었습니다. 놀라울 만큼 저의 여행 가방과 닮았습니다. 여행에서 돌아올 때 여행의 발자국을 기억할 지도와 방문지를 더 깊이 알 수 있는 책 외에는 귀국 가방에 담지 않는 것이 제가 오랫동안 지켜온 습성이었습니다. 아내도 무의식중에 닮아버린 것입니다.

가방에서 나온 게 더 있습니다. 사진 두 점이었습니다.

"사진가에게 직접 산 거예요. 두 사진이 당신과 나의 모습 같아서요."

"빨래와 새의 모습, 무엇이 우리란 말이오?"

"줄에 걸린 흰 천과 그 아래의 그림자는 당신이 빛을 받는 천으로, 나는 그 천이 따가운 빛을 막아준 편안한 그림자로 살아온 지금까지의 삶을 담고 있는 것 같아요."

"이 앉은 새와 나는 새는?"

"당신이 먼저 세상을 떠났을 때 나의 모습을 보여주고 있었어요. 홀로 살아내야 하는…."

일희일비하지 않는 변방의 삶

'새옹지마塞翁之馬'라는 고사성어가 있습니다. 첫 글자로 쓰인 한자어 '塞'는 '새'와 '색'의 두 가지 소릿값을 가졌는데 음미할수록 매력적입니다. '새'로 읽을 때는 '변방, 요새, 보루'의 뜻이 있고 '색'으로 읽을 때는 '막히다, 막다, 차다'라는 뜻이 있습니다. 구멍 혈穴에 우물 정井 그리고 그 아래에 땅을 의미하는 가로획 一이 있고 다시 그 아래에 흙土이 있습니다. 이렇게 각각을 떼어 놓고 보면 이 한자의 제자 원리가 보이고 그것이 의미하는 바

에 고개를 끄덕이게 됩니다. 우물처럼 흙으로 성과 요새를 쌓은 보루, 그곳이 바로 국경과 인접한 변방일 것입니다. '막히다, 막다, 차다'라는 의미도 바로 성채가 있는 변방의 모습을 상상하면 쉽게 그 의미가 와 닿습니다. 이 변방 '새'의 구체적인 속뜻은 '한 나라에 속해 있지만 어느 정도의 자치가 허용되는 지역'을 의미한다고 합니다. 중앙 정부의 왕도 역모를 도모하지 않는 한 중심에서 먼 변방을 일일이 트집 잡아 감시와 감독할 필요를 느끼지 않았을 것입니다. 하지만 속한 나라에 큰일이 나면 삶이 휘둘리기는 마찬가지입니다. '새옹지마' 고사를 통해 중국 변방 국경에 사는 노인의 삶이 중앙 권력에 어떻게 휘둘리는지를 유추할 수 있습니다.

제가 도달할 고지를 이 새옹지마 속 노인의 경지로 삼고 있습니다. 변방의 노인은 자신이 기르던 말이 국경을 넘어 오랑캐 땅으로 도망쳐도, 도망쳤던 말이 암말 한 필을 데리고 돌아와도, 노인의 아들이 그 말을 타다가 낙마로 다리가 부러져도 태연하였습니다. 제가 사는 곳이 북한의 대남 확성기 방송이 귓가에 닿는 변방이니 제 마음만 일희일비하지 않는다면 그 노인의 평상심이 지척입니다. 하지만 그 지척이 천리라는 것을 여전히 요동치는 마음으로 알 수 있습니다. 백발을 휘날리며 인생의 아름다운 마무리를 위해 삶을 영위하는 지금도 제 마음은 어린아이의 그것처럼 매일이 새롭고 설렙니다. 제게 삶은 여전히 가슴 뛰는 여행입니다.

다시 여행을 꿈꿉니다

제가 어릴 적, 저녁을 먹은 어른들은 동네 사랑방으로 삼삼오오 모이곤 했습니다. 그리고 세상의 온갖 소식들을 이야기로 풀었습니다. 그것을 '마실간다'고 했습니다. 이 변방에 자리한 모티프원의 서재도 그 마실의 사랑방으로 오래오래 사랑받기를 고대합니다. 하나의 주제를 안고 오는 마실뿐 아니라 개인의 고민을 안고 마실 오는 사람에게는 제가 기꺼이 이야기의 상대가 되어 줄 생각입니다. 다른 삶을 고민하며 새로운 담론을 나누기 위해 책과 인생을 깊이 있게 마주하고 싶은 젊은이들에게도 언제든 모티프원의 서재는 열려 있습니다.

헤이리가 너무 멀다면 가까운 곳에 있는 사랑방으로 마실을 가셔도 좋습니다. 저와 같은 마음으로 책과 대화, 사람이 있는 공간을 꾸려 나가는 사람들이 더불어 '로컬 북스테이 네트워크'를 만들었습니다. 독서에서 기쁨을 얻었고, 사색을 통해 내면의 질서를 세웠던 사람들이 책이 있는 자신의 공간과 경험을 창조적 휴식을 원하는 누군가를 위해 내놓은 느슨한 연대입니다. 자신이 속한 지역의 고유한 삶과 문화에 자부심을 가진 사람들로서 그 가치를 바르게, 그리고 기쁘게 안내해 줄 수 있는 사람들이기도 합니다.

이제 이 긴 여정을 마무리할 때가 된 듯합니다. 지난 10년간 모티프원에서 만난 2만 4천여 명의 여행자들은 지금 세계 곳곳에서 열정적으로 자신의 삶을 써내려가고 있습니다. 그들의 삶을 그들만의 방식으로 여행하고 있습니다. 저 역시 언젠가는 헤이리에서 떠나야 할 존재입니다.

모티프원에 묵었던 많은 분들이 작별하면서 자신이 있는 곳으로 저를 초청했습니다. 문경에서 오신 화가분은 문경새재 근방의 작업실에서 함께 며칠을 보내면 좋겠다고 했고, 일본의 어떤 화가는 천정 높이가 5미터나 되는 자신의 숲 속 작업실로, 홍콩의 건축가는 다양한 용도로 변신할 수 있는 자신의 작은 아파트로 초청했습니다. 정원 옆에서 조용히 잠자고 있는 캠핑 트레일러 밤비를 깨워 모티프원에 왔던 분들을 찾아 세계를 순례하는 것이 저의 마지막 소망입니다.

'함께'는 '혼자'보다 아름답습니다. 30여 년간 세계의 사람들을 찾아 나선 여행에서도, 10년간 모티프원에서 세계의

EASTPAK

사람들을 만난 여행에서도 저는 늘 모두와 함께였습니다. 선생도, 학생도 따로 없는 길 위에서 만난 모든 사람들이 진정 제 스승이었습니다. 그래서 참으로 행복했습니다.

로컬 북스테이 네트워크

북스테이 네트워크는 책, 책 속의 수많은 인물, 그리고 그 인물들이 들려주는 이야기와 함께하는 하룻밤을 휴식이자 창조적 삶의 또 다른 단초로 여기는 사람들, 또한 그 창조적 휴식의 기쁨을 다른 사람들과 나누면 더욱 행복하다고 믿는 사람들이 손잡은 작고 느슨한 연대입니다.

북스테이 네트워크 공간에는 '아름다운' 서가가 있습니다.

‘아름다운’이 뜻하는 것은 비싼 장식으로서의 서가가 아닙니다.
낡은 책장, 혹은 그 책장에 자리를 잡지 못한 책이 바닥을
차지하고 있는 풍경을 말합니다.
그리고 그 서가를 ‘채우는’ 책이 있습니다. ‘채우는’이라는
표현은 책의 권수가 많다는 것이 아닙니다. 책에는 밑줄이
그어 있거나 주석이 달려 있기도 하고 간혹 책의 모서리가 접혀
있기도 합니다. 그렇게 누군가와 동행하면서 누군가의 삶에
간섭한 책들을 의미합니다.
‘참견하는’ 사람도 있습니다. 집을 지키고 있는 사람이
중요합니다. 그 사람은 살아 있는 또 다른 책으로 스스로를
인식해야 합니다. 그 휴먼북은 기꺼이 자신의 집을 찾은
사람들에게 관심을 가지는 것은 물론, 마음의 문을 활짝 열고
다가갈 수 있어야 합니다. 그리고 적극적으로 방문객의 요구에
개입해서 당사자의 입장에서 대화를 나누는 사람들입니다.
여기서의 참견은 사랑입니다.
또한 ‘자랑할 수 있는’ 사람이 있습니다. 몸담은 지역의
환경과 문화에 바른 인식을 가진 사람들로, 그 특징과 역할을
방문객에게 충분히 전할 수 있는 사람들입니다. 그러므로
중심을 지향하는 사람이 아니라 자신이 있는 지역을 곧
중심으로 인식하는 자부심을 품은 사람들입니다. 각자의 지역을

목소리 높여 자랑할 수 있는, 자부심 가득한 사람들입니다.

2016년 여름까지 헤이리의 모티프원을 비롯하여 괴산의 숲속작은책방, 통영의 봄날의집, 화천의 문화공간 예술텃밭, 고창 책마을 해리, 파주 평화를품은집 등이 북스테이 네트워크에 함께하고 있습니다. 북스테이에서 책과 함께하는 하룻밤을 꿈꾸시는 분, 혹은 이 느슨한 연대에 함께하실 분들의 길잡이가 되어 줄 작은 사이트를 만들었습니다. 언제든 문을 두드려 주시길, 그리고 누구든 함께하기를 기대합니다.

www.bookstaynetwork.com

에필로그

휴먼북 속에서 발견한 행복의 기술

아들 영대가 고등학교에 다닐 때 교환학생으로 1년 동안 미국의 한적한 시골마을에서 생활한 적이 있습니다. 미국에서 돌아온 날, 가족이 모두 모인 자리에서 미국 생활 중에 가장 인상 깊었던 일에 대해 이야기를 들려주었습니다.

"읍내에 미국인이 운영하는 태권도 도장이 하나 있었어요. 그곳에서 아이들에게 태권도를 가르쳐주고 그 외 시간에는 어른들과 함께 수련을 했어요. 집에서 걸어 다닐 수 있는 거리는 아니어서 제가 머물던 집의 가족이 운동이 끝날 시간에 맞추어서 저를 데리러 오곤 했죠. 그런데 그때마다 전 의문이 들었어요. 저를 데리러 가족 다섯 명이 모두 함께 왔거든요. 운전하는 아빠나 엄마 한 분만 오면 될 것 같은데 제임스와 네이슨, 매튜 삼형제까지 왜 꼭 같이 오는지 이해가 되지 않았어요. 궁금증을 참지 못하고 어느 날 이유를 물었어요. 별일 아니라는 듯이 '가족이 모두 이렇게 차 안에 모여 이야기를 나누니 좋지 않아?'라고 대답하는데, 저는 굉장히 충격을 받았어요. 효율을 기준으로 보면 시간 낭비지만 낮 동안 흩어졌던 가족들이 좁은 차 안에서 함께한다는 점에서 그게 더 행복해지는 일이라고 생각하더군요. 앞으로 가정을 이룬다면 효율성이 아니라 가족이 모두 함께 행복한 방법을 따르자고 결심했어요."

아들은 고등학교를 졸업하고 두어 해 방황했습니다. 대학 진학이 행복을 보장해 주지 않을 것 같다는 게 이유였습니다.

모든 삶에는 행복의 씨앗이 숨겨져 있다

스위스의 지인 중 한 명은 네팔 포카라에서 6년을 살다가 2년 전에 고향으로 돌아갔습니다. 진공 설비 설계 전문가인 그는 다시 회사에 취업하면서 주 5일 법정근로시간의 60퍼센트만 근무하기로 근로계약을 맺었습니다. 일주일에 3일만 출근하고 나머지 시간은 가족과 함께하며 자신의 취미인 양봉에 정성을 들입니다. 그는 자신의 삶에서 생계를 위한 시간과 자아를 위한 시간의 비율, 그 적절한 조합을 찾는 데 6년이 걸렸습니다. 행복을 위한 시간의 비율은 사람마다 다를 것입니다. 하지만 누구든 시간의 균형이 깨지면 모자란 시간만큼이 아니라 삶 전체를 불행하게 느낄 가능성이 높습니다.

중년 부부와 환담을 나누던 중 남편이 한 가지 고민을 털어놓았습니다.

"정말, 미운 사람이 있습니다. 하루 종일 마음속 증오의 불길을 잡을 수가 없어요."

저는 그에게 발리 사람들의 이야기를 들려주었습니다. 발리는 신들의 섬이라고 불립니다. 섬기는 신이 3억 3천만에 달한다고 합니다. 집집마다 한쪽에 신을 모시는 재단이 있어 하루에도 몇 번씩 꽃과 향, 쌀 등을 제물로 올립니다. 이런 모습은 집 안만이 아니라 마을의 작은 사원, 나무, 기둥, 버스, 혹은 땅 위에서도 볼 수 있습니다. 궁금증이 생겨 발리 사람에게 물었습니다.

"어떤 신들에게 이렇게 많은 공양을 올립니까?"

"하늘과 땅에 있는 모든 신들에게요."

"그럼 나쁜 신에게도 공양을 드립니까?"

"그럼요. 나쁜 신도 전부 나쁘기만 한 건 아니에요. 예컨대 나쁜 이미지로 좋은 신이 더욱 빛나게 하는 장점이 있잖아요. 또한 좋은 신도 좋은 점만 가졌다고는 볼 수 없지요."

향기로 남는 시간

모티프원의 블로그 대문에 이런 문구를 써두었습니다.

"예술마을 헤이리에 둥지를 두고 행복의 비밀을 탐구하는 '글로벌 인생학교'"

정말이지 저는 제 아들 못지않게 '행복'에 관심이 많습니다. 그리고 세상 곳곳에 각양각색의 모습으로 흩어져 있는 행복의 원석을 캐내는 기술을 깨우치고 싶습니다. 물론 지금까지 살아오며 발견한 기술도 하나 있습니다. 어떻게 해서라도 감사할 요소를 찾아내는 '감사의 기술'입니다.

책을 마무리하면서 감사한 분들을 이곳에 밝히고 싶었습니다. 가족, 친구, 이웃, 손님… 한 사람 한 사람 이름을 적다 보니 수십 명을 적고도 여전히 고마운 얼굴을 떠올리는 일이 끝나지 않았습니다. 저는 그 이름들은 이곳 대신 제 가슴에 옮겨 적기로 하였습니다.

모티프원에 손님이 오면 모카포트로 에스프레소 한잔을 만들어 드리곤 합니다. 먼저 잔에 유기농 설탕을 작은 스푼으로 하나 넣습니다. 막 끓어 오른 커피를 붓고 건네지요. 젓지 않고 첫 모금을 마시면 쓰고 신 맛이 뇌를 깨웁니다. 천천히 마실수록 점점 달콤해지는 맛의 농담을 느낄 수 있습니다. 마지막에는 서재 가득 향기만 남습니다. 제 삶도 그러하기를 바랐고, 모티프원에 오시는 분들의 삶도 그러하도록 격려하는 저만의 커피 대접입니다.

쓴맛과 단맛의 시간이 지나고도 향기로 남는 시간을 위해 더 많은 시간, 세상 사람 누구에게나 저의 이 에스프레소를 대접하고 싶습니다. 그것이 손에 꼽을 수 없는 수많은 사람들로부터 제가 지금까지 받은 모든 은혜에 대한 감사입니다. 저와 동시대를 살고 계신 모든 분들은 제게 에스프레소 한잔을 청할 권리를 가지고 있습니다. 감사로 충만할 수 있는 깨달음을 주신 세상의 모든 분들께 이 책을 바칩니다. ✷

Jean-Michel
Basquiat
JAPANESE

도서출판 남해의봄날 비전북스 10

우리 인생에 모범답안은 정해져 있지 않습니다. 대다수가 선택하고,
원하는 길이라 해서 그곳이 내 삶의 동일한 목적지는 될 수 없습니다. 진정한 자유를 위해
용기 있는 삶을 선택한 사람들의 가슴 뛰는 이야기에 독자 여러분을 초대합니다.

서재에서 방까지 네시간
여행자의 하룻밤

초판 1쇄 펴낸날 2016년 9월 10일
4쇄 펴낸날 2021년 7월 30일

지은이 이안수
편집인 장혜원책임편집, 박소희, 천혜란
디자인 류지혜
표지 일러스트레이션 박경연

종이와 인쇄 미래상상

펴낸이 정은영편집인
펴낸곳 남해의봄날
경상남도 통영시 봉수1길 12, 1층
전화 055-646-0512
팩스 055-646-0513
이메일 books@namhaebomnal.com
페이스북 /namhaebomnal
인스타그램 @namhaebomnal
블로그 blog.naver.com/namhaebomnal

ISBN 979-11-85823-09-6 03810